情不知所起，一往而深。
尋著心之所向，乘著拂曉清風，
流往那剎那即永恆之境。

Thank you for supporting me
and my dreams na ka. ♡

序幕

你們是否曾想過人生很無趣?起床後就是刷牙、洗臉,出門上學、工作,在壅堵的車陣中前進,結束後回到家裡,洗澡、追劇、上網,接著便就寢入睡。我的生活也跟你們沒兩樣,但可能有點差別,因為我家比較不一般。

要說不一般也稍嫌客氣了。這麼說吧……我家特、別、瘋。

至於是怎樣的瘋……例如……

「Francisssssssssssssss!」

我叫 Francis Forcel,現在是週三一大早(其實每天早上都一樣),我剛下來到一樓的廚房,就聽見伯父的驚聲尖叫,害我只能用手摀住耳朵、癟起嘴,心想他大概又有什麼新東西要拿給我看了。

「好啦好啦,阿伯,你又做了什麼?自動洗臉機?還是飛碟時鐘?沒什麼特別的話,我吃完早餐之後,就要去學校上課了!」我對著地下室大叫,那裡是我叔叔跟伯父

的工作室。

　　哦，忘記跟大家說明，我是個孤兒，還沒滿一歲時，爸媽就過世了，因此我被伯父和叔叔兩人收養，日子其實也過得算不錯，衣食無缺，兩位長輩都很疼愛我，唯獨有件事讓我耿耿於懷。

　　「你快下來看看叔叔跟阿伯的傑作！」叔叔朝我吼回來，我只能翻了個白眼，放下手中的平底鍋──如果鍋子上的荷包蛋會對我笑的話，那絕對是令人毛骨悚然的邪笑，警告我準備迎接第七百零三個令人崩潰的玩意……欸？還是第七百四十個？

　　我走到地下室，這裡其實不像鬼屋，也沒有那種燈光昏暗的紅磚牆，而是有醫院那樣乾淨純白的走廊，裝著富有科技感的燈管，頭上腳下都有亮光，走進最大的那間，會發現那是堆滿各種器材的實驗室。

　　我說過嗎？我們全家人都是科學家，哦……除了我已經過世的爸爸之外。

　　「有什麼事啊？我要趕去上課了。」

　　「Fran！這件事對全體人類的貢獻比你去上學重要多了！」身穿寬鬆實驗袍的伯父轉過微胖的身軀，視線停留在我頭頂，我才想到自己忘了戴帽子下來了。

　　「每次看到你那個髮色，阿伯的頭就痛到不行，怎麼會想染成粉紅色呢？不怕路上那些小朋友──」

「──怕小朋友以為是店裡賣的糖果，隨手拔走嗎？好好好，阿伯，我知道你看不順眼，但我就是喜歡這個顏色，跟我眼睛的顏色很搭啊。看到沒？粉紅頭配藍眼睛，就算我坐在火車頭，車尾的人都能一眼瞧見，多亮眼啊。」伯父的話還沒說完，我就立刻打斷他，畢竟打從我把髮色從亞麻綠換成粉紅色後，同樣的話他已經講了三十遍。

「你要給我看什麼？」見伯父張著嘴不說話，我趕緊將話題帶開，看向在後頭對著造型奇怪的椅子上下檢查的人，忍不住想嘆氣。

大概又是什麼革命性的創新椅了。

對了，我是不是還沒說？身材肉感的禿頭伯父旁邊那位瘦削的沉默寡言男是我叔叔，他們都在全國頂尖的行業擔任研發設計人員，但大概不太喜歡自己的正職工作吧，平時的興趣就是搞些沒人會喜歡的古怪發明。

之前搞出了原因不明的爆炸聲，搞到鄰居都叫警察了，所以他們才把實驗室搬到地下室。

「你看你看！噹噹噹噹！我們的全新發明，就叫它──開天闢地扭轉時空究極椅！」

有人能理解我的心情嗎？必須站在這裡，看著伯父將手攤向那把……嗯……普通到不行的椅子，叔叔還在一旁歡天喜地撒紙花，讓我只想朝他們大吼，等下到底是誰要

清理啦?

「嗯,那就祝你們這把時空椅好運了⋯⋯所以它到底叫什麼來著?究極⋯⋯」

「開天闢地扭轉時空究極椅!」

「好好好,開天闢地扭轉時空究極椅⋯⋯那我先去上課了。」我還能有什麼反應?當然是轉身走人,準備上樓去囉,臨走前還是用無力的聲音附和了他們。

啪。

「啊啊啊!阿伯!你拉我頭髮幹嘛啦!」

「你要去哪裡!過來幫我們測試!現在立刻!」

「啊?才不要,絕對不要!上次弄那個自動刷牙機,差點把我牙齒都拔了;之前還有什麼飛碟鬧鐘,把我砸到頭破血流;再再之前搞出來的椅子還直接在實驗室裡爆炸耶!我不要!我要去上課了!!!」

被伯父扣住頭的我死命掙扎,見我不肯屈服,他就將手臂穿過我的腰側,把我整個人架住,我努力使盡渾身力氣試圖推開他。

「你真的不幫我們啊?Francis?這可是科學史上的一大突破啊!」

「我才不要!突什麼破!跟我沒關係!我要去上課!」

「那下學期去參加營隊的錢就別想跟我們拿了。」

嗯?

「說得太好了,我的好弟弟。沒錯沒錯,你要是不試坐這把椅子,就別想跟我們拿錢了!」

叔叔突如其來的一句話,讓我的動作瞬間停格,而且他說這話的時候還帶著跟神仙一樣和藹的笑容。聽完之後,我只能大力踱著重步,一屁股坐到那張什麼究極椅上頭,雙手心不甘情不願地交叉在胸前。

「只坐一下而已喔!」

「對了,你還要戴這個手錶才行,這樣才回得來。」

所謂的手錶,就是條加了圓形玩意兒的厚紙板,看起來比這張椅子更不可靠,感覺戴上去只會死得更慘,我怎麼可能會戴?

我偷偷把它塞到椅子後面,與此同時,叔伯兩人開始往後退,伯父手裡拿著一個有按鈕的遙控器。

「好,我一按下這顆按鈕,你就會回到過去。不用擔心,我已經設定好了,你只會在那邊待兩個小時。準備好了嗎?」

「請便吧。」

過去二十年的經驗告訴我,這兩人在家裡搞出的任何東西,最後只會在隔天變成廢鐵而已。

「準備囉!我要按囉!」

嗶。

「⋯⋯」

「⋯⋯」

「⋯⋯」

好喔,我就知道這東西絕對又會變成大型廢棄物,無端給收垃圾的人添麻煩。

「怎麼會!!怎麼什麼都沒發生?!」

伯父發出哭天搶地的哀號,而我依然坐在椅子上,雙手抱胸嘆了口氣,心裡惦記著我的荷包蛋,它還在等我把它從平底鍋拿下來呢。

「難道是電流不夠強?忘了插插頭?還是什麼?」

叔叔也跟著崩潰,轉頭看著實驗室角落那團亂到不知該接哪條的電線。

就在叔伯兩人手忙腳亂的同時,我默默地站起身──

咚!

嗶嗶嗶!

嗡嗡嗡⋯⋯

叔叔好像不小心撞到了什麼東西,我的身體立刻感受到一股巨大無比的力量,將我整個人往後拉回椅子上,整個腦袋此時被嗶嗶聲充斥著,眼前只看見一道刺眼的強光。我尖叫著想呼喊叔伯兩人,卻只看見他們的背影,彷彿完全不知道我發生了什麼事。

不可能,這種破東西怎麼可能動得起來?我會被帶到哪裡?穿越時空回到過去?是回到多久以前?⋯⋯不可能

……絕對是哪裡出錯了。

「騙人！！！」

唰！

強光再次襲來，我不自覺地瞇起了雙眼，只能感覺自己是站著的，正當我努力想聚焦視線，看清眼前的事物時，就聽見一道刺耳的聲響。

叭叭叭——

尖銳的喇叭聲吸引了我的注意，我回頭朝聲音方向一瞥，只見一輛黑色大車正高速衝來，映入我眼簾的最後一個畫面，就是司機神色極度驚慌地看著我。下一秒，我就失去了意識。

即便我的人生過得挺無趣，時不時還要替叔伯收拾殘局，但我還是滿愛這份無聊的，實在想都沒想過，等我再次睜開眼，所謂的無聊將從此徹底消失……

Timeless

1

「還好老闆及時煞了車。」

「真的差點就撞上了。」

「應該是他自己衝到車子前面的。接下來該怎麼處理他呢，老闆？」

吵死了。人家在睡覺耶，阿伯也不會順手關個電視，不過是看個劇，老是把聲音開到整間屋子都聽得見。

「唔，吵死了。」

躺在床上的人拉起棉被蓋住脖子，將臉埋向枕頭，翻身往另一個方向側睡，周遭的對話聲也隨之暫停了下來。原本在對話的兩人之一靠近床舖，用大學教授般的口吻發問：「清醒了是嗎？」

說什麼蠢話？就在睡覺啊，哪有清醒？！

睡得正舒服的人這麼想著，一邊不禁困惑。

電視裡的人怎麼會跟我說話？這聲音聽起來也不像是叔叔跟阿伯啊。

等等,叔叔、阿伯⋯⋯剛剛⋯⋯椅子⋯⋯回到過去⋯⋯車⋯⋯

「啊啊啊啊啊!車!車要撞上來了!!!」

躺在床上的人終於記起發生什麼事,驚慌地從床上猛然彈起,張嘴大叫出聲。

Francis將棉被拉至胸口,瞪大了雙眼左右張望,想弄清楚自己究竟身在何處,看起來像個精神異常的人,讓床邊一位男子嚇得倒退一大步。方才問話的人於是再度開口,以更嚴肅的語氣說:

「你沒被撞到,現在人在醫院。」

低沉的話音剛落下,Francis立刻傻住了。他抬起頭,看向站在一旁的男子,發現對方相當面熟。

「就是你撞了我!」

大家都說,在生死關頭的一瞬間,眼前看得見過往人生的跑馬燈,但Francis卻將瀕死最後一秒的畫面記得一清二楚,甚至認得出眼前這名男人,就是他失去意識前最後見到的人。

這男人,呃⋯⋯長得⋯⋯蠻帥的。

Francis盯著彎腰湊向床舖的男人,一邊想著。開車撞他的人,面容英俊得讓人失語,眼眶深邃,眼尾微微上揚,濃密的雙眉讓他顯得有點凶,鼻梁高挺,雙唇線條俐落有型,頂著一頭午夜般的烏黑髮絲,身上成套的西裝將

他高大的身型襯托得更加優雅，從背心、領帶，到名貴的西裝外套，都凸顯了那寬闊厚實的肩膀，整個人散發著位高權重的氣場，令人不由得嚥了口口水。

好帥喔……而且……離得太近了吧。

「應該說是差點被撞上才對。那你呢？失心瘋了，才會衝上來擋在我的車前？」

一開口講話，帥度瞬間就減了七成！

「瘋個鬼啦！哪個想活命的人會衝到車子前面！告訴你，我可不想死！才沒有擋你的車呢！」

沒錯，Francis這個人絕不能忍受自己單方面挨打，立刻凶巴巴地吼了回去。對方後退一步，重新挺直身子，雙手抱在胸前，再次以低沉的嗓音發問：

「那你出現在我的車前面做什麼？」

「誰出……」

等等，對啊，我怎麼會跑到他車子前面……對了！穿越時空！穿越時空啊！

這個念頭一出來，彷彿驗證了自己原先的想法是錯的。Francis驚慌地環顧了病房一圈，瞪著眼前這間病房的種種景象，讓他只想一頭撞上點滴架。

那種樣式古老的樑柱，不是只有博物館才會出現嗎！

頂著一顆粉色頭髮的男子一把抓住鐵製的點滴架，整個人撲向床邊，驚慌失措地摸索起來。雖然在過往二十年

的人生裡從未真正花錢躺過醫院，但他記憶中的醫院再怎麼說都不是這種時代劇一樣的場景，調節空氣乾溼度的按鈕呢？跟醫生通話用的螢幕呢？追蹤身體狀況的儀器呢？都去哪了？

看著床上這人古怪的反應，床邊的兩個男人只能投以異樣的眼光。

「那個！你！你快告訴我！現在是幾月幾號？」

處於崩潰邊緣的人撲向那名黑髮男子，緊緊揪住對方的西裝。看著問話的人一副泫然欲泣的模樣，對方不由得皺起眉頭，但還是冷靜地回應：

「七月十五號。」

「感謝上天！這絕對只是第七百零五個笑話，Francis，你還活在同一天。」

答案讓 Francis 大大鬆了口氣，一下子坐回床上，但以防萬一，他還是沒有鬆開抓住對方衣服的手，緊接著追問：

「你別覺得我是神經病啊，那個⋯⋯今年是⋯⋯幾年來著？」

「2⋯⋯」

嗯，對，還是二字頭。

「⋯⋯1⋯⋯」

對對對，完全正確。

「……09……」

沒錯，現在是 2129 年……

「蛤！你說的是 2129 年對吧？！！」

「我是說 2109。」

Francis 原本還大力搖晃著回話的對方，現在整個人只能張著嘴巴陷入呆滯，湛藍的雙眼瞪得渾圓，雙手自對方衣服上滑落，無力地垂到自己的大腿上。他渾身顫抖不已，連嘴角都在抽動，淚水漸漸盈眶。

騙人，這不是真的，二……二十年……不可能，絕對是在開玩笑，沒錯，是在開玩笑……

「老闆，該怎麼辦呢？」

站得比較後面的男子走上前，湊到自家老闆的耳邊低聲問。眼前這位神態異常的年輕人怎麼看都讓人不太放心，很有可能是從醫院偷跑出來的病患。那西裝男人正想回話，然而……

「啊啊啊啊啊！！！這不是真的！！！」

床上那個小鬼突然放聲大叫起來，面對惱人的大呼小叫，若不是因為見到癱在床上的人開始痛哭起來，一顆顆淚珠接二連三自他眼中滾落，Ray Maclas 煩躁得差點也要吼回去。

眼前的年輕男孩有一張白淨好看的臉孔，還頂著一頭標新立異的粉色頭髮，那雙天藍色的眼眸充滿魅力，令人

想進一步探索。看著那雙藍眸晶瑩落淚的景象，讓 Ray 不由自主地⋯⋯心軟了點。

「你是怎麼了？冷靜點。」Ray 放輕了語氣，盯著眼前像小孩般嚎啕大哭的人。他的語氣讓 Francis 啜泣得更厲害了，抬起頭，像是抓到一絲希望。

「那個⋯⋯嗚⋯⋯我是從⋯⋯二十年後的⋯⋯未來⋯⋯來的，我⋯⋯我想⋯⋯回家⋯⋯我要回家啊啊啊！」

話音剛落，對方的手再次揪住了 Ray 的衣服，讓 Ray 只能嘆口氣，轉頭對自己的祕書 Yuji 投以心累的眼神，才開口對抓住自己的人說：

「醫生說得沒錯，受到劇烈的刺激，腦子可能會變得不太正常。」

「吼！！！我沒有發瘋！才沒有！」

聽到這話的 Francis 扯開了嗓門叫囂，他想替自己澄清這一切都是真的，卻只讓 Ray 的臉色顯得更嚴肅了。

「你先冷靜點，發瘋的人都會說自己很正常。別擔心，我會去跟醫生談談，你先休息吧。你的醫藥費，我一定會負責。」

聞言，Francis 差點想拿頭去撞牆，同時也想狠狠往眼前這位帥哥臉上搧幾下，但現在他渾身無力，光是穿越時空來到二十年前的過去，就已經夠他受的了！他甚至不知道該怎麼做才能回去，他也沒戴著那支該死的手錶，不知

伯父說的兩小時什麼時候才會到。

哦，對了，兩小時啊！

「喂！我睡了多久啊？」

Ray正想將對方的小手從自己衣服上掰開，聽他這麼一問，困惑地抬起了眉毛。

「從你昏倒在車子前開始算，已經三小時了。」

Ray的回答令對方瞬間當機，那張小臉上快速佈滿了淚水，讓人看著就心疼。對方已經放開了他的衣服，並且……

「哇啊啊啊！！！不可能不可能！這不是真的！！！」

啪！啪！啪！

緊接而來的是他對著枕頭的一陣暴打，想替他負擔醫藥費的人不禁頭疼起來，到底是哪裡刺激到他了？怎麼變得更激動了？

「要不要轉送精神病院？」

「我沒有發瘋！！！」

Francis一邊哭著，一邊轉頭大吼，Ray只能伸手揉揉太陽穴。

「反正我先去跟醫生談談吧……他就先交給你了。」

Ray向親信交代，正準備走出房間，又突然想起什麼，回頭對上那雙湛藍得勾人的雙眼，開口問：

「忘了自我介紹……我叫Ray，Ray Maclas。你記得自

己叫什麼名字嗎？」

「嗚……Fran……我叫 Francis。」

「好，Francis，我去去就來。」語畢，男人便離開了病房，在關上門的前一刻掃了一眼，那頂著粉色頭髮的少年還在撲簌簌地擦淚，看得他更感興趣了。

Francis……突然就出現在他眼前的粉髮少年。

如果別那麼會大呼小叫的話，還挺可愛的。

⌛

Ray 長嘆了口氣，他現在只想閉上眼按按頭。差點開車撞上的人不但症狀比他預期嚴重許多，而且有關那孩子的一切……竟是一片空白。

沒有任何一間醫院有他的就醫資料。

從昨天把人帶到醫院開始，他就已經夠頭疼了，醫護人員不免要詢問患者的基本資料，但這位少年身上完全沒有任何能證明身分的東西，沒有身分證、駕照、信用卡，驗過指紋後，依然查不到他在任何地方就醫過的紀錄。

真奇怪，天底下哪有人從沒看過病的？至少也該有出生證明吧？就連醫護人員都說，其中或許存在著什麼無法以當今科技查出的問題。幸運的是，負責這起車禍案件的警察剛好是他朋友，也多了個找人的管道，但不幸的是

……依舊什麼都查不到。

　　「有兩種可能，一是資料被抽走了，他有可能是受到監控的人證，資料被保管在高等機關手上；二是他非法偷渡到這個國家。但第二種情況應該不太會發生，現在全世界各國的人口資料是共享的，所以我覺得是第一種。如果真是那樣，這孩子可能正在躲避誰的追捕也說不定。」

　　好喔，原本就夠頭痛了，聽了好友這番話，更是讓他一個頭兩個大。

　　「總之，我會派人把他帶走看管著，直到查出他的來歷為止。」

　　那要是找不到呢？那孩子會出什麼事？

　　Ray 一邊思索著，呼吸也不知不覺地重了起來。他知道接下來該做的處置已經超出自己的能力範圍，但粉色頭髮的少年嗚咽啜泣的模樣依然在他腦海揮之不去，要是 Francis 知道自己會被帶去哪裡，一定會哭得更悽慘吧。

　　也不知道自己是哪根筋不對，Ray 居然開口向好友提議：「先讓我照顧他怎麼樣？也許只是資料裡找不到這個名字，但他可能知道自己是哪裡人、做過什麼事。」

　　「醫生都說他失憶了耶？Ray，你別這樣吧，不要隨便幫助來路不明的小鬼。」

　　即便好友再三勸阻，他還是堅持要這麼做，他告訴自己，哪怕有誰在追殺著那孩子，這就是他負責任的方式。

「我跟你保證會好好盯著他的,麻煩你先幫我瞞著這件事。事情可能沒有你想得那麼嚴重。」

經過好一番協商,答應了各種條件,他才終於跟好友達成共識,接著還得回來面對醫生,瞭解那孩子的病情。

「我都說了我要回家!我要出院!!!」

剛抵達病房外的男人在聽見房內的聲音後,倏地皺起眉頭。他推門而入,只見那身穿病人服的少年正在跟自己的祕書爭執著,而祕書的回應始終如一。

「你還不能走,要有醫生跟 Ray 先生的同意才行。」

「要醫生同意,這我還能理解,但跟昨天那個面癱男有什麼關係?!」

「因為從現在開始,我是你的監護人了。」

Francis 從一大早就跟戴著眼鏡的祕書吵個不停,弄得自己面紅耳赤,在聽到這番話的瞬間,頓時愣住了。他一回頭就看見那位「面癱男」,對方的臉色相當陰沉,深邃的雙眼靜靜地回望著他,讓他覺得自己像是什麼犯了錯的小朋友,但一想到對方剛才說了些什麼,不免又想大聲叫嚷。

「你有病喔?我已經二十歲了耶!」

看著對方又激動地叫囂起來,Ray 邁開步伐朝他逼近,讓 Francis 不由得緊張起來。

「你能拿出任何自己已滿二十歲的證明嗎?沒有身分

文件，沒有任何紀錄跟資料，我要怎麼確定你不是十五、十六歲的逃家少年？還是……幹過什麼非法勾當？」

哈？我？Francis？非法勾當？要說我真有什麼罪過，大概只有生得太帥氣逼人而已吧！

「我才沒有！」

「那你要怎麼證明自己是誰？」

Francis很清楚這裡的資料庫裡不可能有關於他的任何資訊，理直氣壯地大吼：「我都說了，我是從未來來的，這個時候我都還沒出生，怎麼可能會有我的資料！」

Ray不發一語，只是盯著那雙湛藍的眼睛瞧，Francis也不甘示弱地瞪回去，但因為對方長得太好看，他不免有些臉熱害羞，但此時的他還是好想往那張凶巴巴的臉上揍個幾拳。

過了一會兒，神情冷漠的男人才再度開口，但對於那些未來人之類的自清之詞，卻是充耳不聞。

「醫生跟我說，你就是在意外中受到了刺激，才會幻想自己是從未來過來的，而且你有可能喪失了某些記憶，所以從現在開始，你要待在我身邊，由我當你的監護人，直到我們找出你到底是誰為止。」

「不要！你只要放我走就行了！我自己會照顧自己，車禍的事就扯平……」

「還是要我把你交給警察？」Ray已經開始感到火

大，無情地打斷了對方。

　　啊？！我現在不但被當成神經病，還被當成了罪犯？

　　粉色頭髮的少年張大了嘴，腦袋裡如是想著。他傻愣愣地盯著對方，連眨了好幾下眼睛，直到好幾分鐘過去，才彷彿找回了自己的聲帶，繼續拔開嗓門大吼。

　　「我明明沒犯罪！！！我是好人！普通人！我什麼都沒做！」

　　少年總算意識到自己的處境有多艱難，急得高聲辯解。他想證明自己的清白，但畢竟是兩手空空地來到這兒，全身上下什麼都沒有，最終也只能垂下頭哭了起來。

　　這樣的反應看在對方眼裡，卻被往另一個方向解讀。

　　「不必擔心，我已經跟警察說好，你會由我來照顧。」

　　「但我真的什麼都沒做啊。」

　　Francis伸出手緊緊抓住對方的衣角，再度哭成了淚人兒，而對方只是沉默地望著那雙漂亮的藍眼睛⋯⋯過了好一會兒，Ray才移開了視線，將自己的大手放上對方粉色的髮叢，發現觸感比自己想像的還要柔軟。

　　「我相信你沒做錯事。」聽他這麼一說，Francis差點就要破涕為笑，但Ray立刻接著說，「但你還是要先留在我這裡，直到確認你是誰為止。」

　　「我都已經說了⋯⋯」

　　「還是你想睡牢房？」

好討厭！討厭死了！！從那目露凶光的眼睛，到腳上那雙閃亮亮的皮鞋，都好討人厭啊啊啊！

　　Francis 差點就要把眼前的男人當成好人了，結果下一秒對方就說出如此冷酷的話，將手從他頭上收了回去，對他這樣無辜的少年擺出那副死人臉。然而現在的他，唯一能做的也只有咬牙切齒。

　　「只要我能證明自己的身分，你就會放我走是吧？」少年像是想通了什麼，態度發生了一百八十度的轉變，Ray 盯著對方瞧了一會兒，然後點點頭。

　　「當然，你能證明的話。」

　　Francis 總算露出了笑容，一字一句清楚地說：

　　「那我帶你去找我的叔叔跟阿伯。」

⏳

　　Francis 知道這麼做很荒唐，自己跑去找二十年前的親戚，而對方甚至連自己的存在都不知道，但根據過去二十年的相處經驗，他對兩老的邏輯可是再明白不過了。

　　要說在這個時空裡，有誰會相信他是從未來回來，絕對非那兩個科幻迷莫屬，或許他們還會立刻著手替他打造回到未來的機器呢。正因如此，他才決定要放手試試。

　　但在穿越時空前，他大概忘了先看看運勢，此時此刻

才發現自己真是……衰爆了。

「那裡是你家？」

眼前是樹林……一堆草……以及這座城市的垃圾場。

Ray 走下車，站在他身後，看著少年說是自己家的地方，淡淡地開口問。這裡感覺是這座城市唯一僅存的林地，旁邊還有市立垃圾場，根本沒有任何人居的跡象。他回頭看看 Francis 的模樣，長得也一點都不像生活在樹林裡的人。

Francis 已經脫去了醫院的病人服，換上了車禍時穿的那身衣服，Ray 這才有機會好好打量眼前的少年。他的身形嬌小，高度只到自己的下巴，一條短褲底下露出漂亮的小腿，白色的無袖背心讓白裡透紅的肌膚若隱若現……怎麼看都是個愛打扮的年輕人。

哦，而且，哪來的森林住民會染這種粉紅頭？

「Francis，你給我動動腦筋啊，現在是 2109 年，Rasbell 市長都還沒上任，怎麼會有市容整治計畫呢……」

一想到這裡，Francis 就無力地癱坐到了地上，他雖然沒有叔伯二人的聰明才智，但記憶力可是不輸人的。仔細回想一下，推動市容整治的市長還沒上任呢，所以他家社區那個超現代化的建案……自然是連半根柱子都還沒立。

不如一頭撞死算了。

「好了，你現在該歸我管了。」

少年感覺有人碰上自己的手臂,將自己拉起來站好。然而,此時的他腦筋一片空白,迎面襲來的現實讓他十分迷惘,在摸不著邊際的過去裡,他究竟身處於哪個片段?他毫無頭緒,這裡沒有家,沒有任何認識的人,一切都令他既恐懼又不安。

「嗚……」

Ray 定睛一瞧,只見方才還盛氣凌人的少年,淚水再度潰堤,嬌小的身軀邊哭邊顫抖著,看得他忍不住心中一揪。

「為什麼哭?」

「我該……去哪……我會……怎麼樣……嗚……我想……回家……回家……嗚嗚嗚…… 」

原本還在逞強的少年,現在哭得像迷路的孩子。身為大人的 Ray 嘆了口氣,做了件連自己都意外的舉動。

男人將嬌小的身軀摟入懷中,靠到自己的胸前,大大的手輕撫著少年的背,彷彿想藉此安撫他的情緒。無助的 Francis 也不自覺地依偎向他,雙手揪緊了對方的衣衫,持續放縱恐懼的淚水流洩。

我想回家,叔叔……阿伯……拜託快帶我回家,我會乖乖的,你們說什麼我都聽,我要回家……

小小的身軀發顫得更厲害了,對方也將懷抱收得更緊,伸手輕揉起他的頭髮。Ray 不禁覺得眼前這愛頂嘴的

孩子，此時甚是楚楚可憐⋯⋯

「先跟著我吧，說好了？」

「嗚⋯⋯」

難道還有得選嗎？

Francis 只能自顧自地啜泣著，不給任何回應，直到男人再度出聲，以更溫和的語氣說：

「我們回家吧。」

少年猛地抬起頭，對上那雙深邃的眼睛，聽見「家」這個字，他的心臟揪了好大一下。即便不是他想回的那個家，但在最脆弱不堪的時刻，至少還有個好心人願意帶著他。

「嗯。」他抹了抹臉上的淚水，乖乖被牽著手帶上了車。但當他一回頭，瞥見那片樹林的瞬間——

我接下來該怎麼辦呢⋯⋯

2

　　Francis 很想為自己的衝動道歉，他就是一時腦波弱，才會跟著陌生人來到這座高聳入雲的豪華大廈，就是一時昏了頭，才會以為對方是看他無依無靠，好心帶他回家，而不是把他交給警察。但他現在知道了，這世上沒什麼好事是不必付出代價的。

　　是不用睡牢房，但也不是沒人看守，這跟監獄有什麼兩樣啊？

　　Francis 緊咬著牙根，看著面前的男子。男子身材高挑、膚色白皙，還生得一雙祖母綠的眼睛，正向他自我介紹：「Francis 先生，你好，我叫 Jool，之後會擔任你的個人看護。」

　　哪來的看護會穿一身黑西裝啊？根本就是來監看我的守衛。

　　「哦，請別覺得我穿黑西裝很奇怪，剛好我不太喜歡白色制服，穿這樣比較帥氣。」

Francis 都還來不及開口，對方就帶著燦爛的笑容發話，那張笑臉怎麼看都荒謬至極，讓 Francis 忍不住朝對方秀出自己的獠牙。

　　「我不需要看護，我很好！」

　　「但會覺得自己是從未來穿越過來的人，在一般人的認知裡就是瘋子喔。」

　　要是自己能撲上去把對方的脖子一口咬斷，Francis 大概早就這麼做了，但他唯一能做的只有咬牙切齒地握緊拳頭，瞪著把食物和藥端到面前的人。他堅定清楚自己不是病人，沒有發瘋，什麼事都沒有。

　　「Ray 先生跟我說你……我能叫你 Fran 先生嗎？叫 Francis 好像太長了。Fran 先生，你好像有幻想症，覺得自己來自未來，而不是這個時代的人，從心理學的角度分析，你應該是想逃避過去，再加上受到劇烈衝擊，才會產生這樣的幻覺，就跟有些人會幻想自己被外星人追殺一樣。」

　　說這一串話的同時，這個叫 Jool 的人始終面帶微笑，搭配那張白皙秀氣的臉，顯得更是好看，但看在 Francis 眼裡……簡直氣死人了，令人火大至極。

　　哪來的證據說我是瘋子！！！

　　「那你還真是個很爛的看護啊，才會跟病人討論病情，你不怕我一時無法接受，心臟病發暴斃嗎？」

要找麻煩就來吧，Francis是不會讓自己單方面受氣的。

　　「哦，不會的，我一向有話直說，把病情告知患者也是我的工作，而且……我並不認為Fran先生是脆弱到會突然暴斃的人。」

　　啊啊啊啊啊！好想殺了他啊！

　　粉色頭髮的少年將牙齒咬得嘎吱作響，總覺得自己被耍著玩，特別是對方說話時，那雙眼睛還閃著邪惡趣味的光點。

　　「好了，吃飯時間到囉。」

　　「我不吃！」

　　看護就看護吧，我絕對死都不配合，把你整到連提離職都顧不得就跑。那個叫Ray的也是，別以為可以限制我的自由，哼！

　　倔強的少年將雙手環抱在胸前，撇頭看向窗外，Jool忍不住笑了出來，跟著湊上前去。即便是從這樣高的樓層往下望，Francis也沒有表現出一丁點害怕的神色，只是平靜地四處張望，尋找其他逃走的可能，完全不理會對方。

　　啪！

　　「喂！！！」要他怎麼不驚叫出聲呢？他突然就被一把拉住了手、帶到床邊，還沒來得及反應，手腕就多了一副大手銬，把他跟床緊緊銬在一起，而替他銬上手銬的

人，依舊笑得陽光開朗，還一邊把托盤遞了過來。

「你不吃也沒關係，但不吃的話，我也不會幫你解開的。」

「太過分了喔！」

Francis氣得想朝對方撲過去，但礙於手銬限制而無法任意移動，對方也一副完全沒被嚇著的樣子，還主動把臉湊上來。Jool開口的語氣相當溫和，和粗魯的行徑完全不是一回事。

「Fran先生，你可能搞錯了些什麼，我的確是你的看護，但Ray先生並沒吩咐我要悉心呵護你，而是要我讓你按時吃飯、吃藥，好讓你恢復記憶，所以……」一抹狡黠的光芒自綠色眼眸中閃過。

「……不管我用什麼手段，老闆都不會說什麼。」

察覺到對方隨時會動真格的眼神，Francis不由得渾身發麻，一股恐懼自心底油然而生。他努力將黏膩的唾液推下喉嚨，感覺眼前這個人比Ray還要恐怖，但生性愛逞強的他只能繼續裝腔作勢，抬起頭以不輸人的氣勢回應：

「吃就吃！拿來啊！」

「你說話的態度很差呦。但沒關係，我不會介意，你請用。」Jool依舊含著笑，從他面前退開，然後將托盤推到患者面前。Francis接過湯匙，喝湯的神情彷彿像在喝一帖苦藥，但看護想當然耳不介意，只要對方把湯全喝光，

藥也吃下肚就行了。

「吃完了，可以解開了！」

「那就依約替你解鎖囉。」

Jool一解開手銬，就見對方一溜煙地鑽到房間的角落，防衛地縮成了一團。

「你好好休息吧，等到吃晚餐時，我會再來的。」語畢，這位看護就離開了房間。

頂著粉紅色頭髮的少年緊握著雙拳，怒火幾乎要從眼中迸發而出，他對Ray感到氣憤不已，說了不會送他去坐牢，但他現在的處境，也不過是被關在一個設備齊全的牢房罷了。

要逃……我才不要待在這裡，無論如何都要離開！

「為什麼要捉弄人家？」

「啊？我才沒有呢，Yuji，別汙衊我。」

與此同時，Jool哼著歌從房間走出來，只見一名戴著眼鏡的男子雙手抱胸地問他，他於是走上前去，張開雙臂摟住那人的脖子，貼上去磨蹭對方的臉頰和寬大的肩膀，方才那個魔鬼看護的形象瞬間消失無蹤，看得Yuji忍不住嘆了口氣。

「人家正害怕著呢，你還去鬧他。」

「就說我沒有⋯⋯好嘛，很好玩啊，他挺可愛的，一生起氣來，整張臉鼓得跟河豚一樣耶。」男子抬起綠色的眼眸和 Yuji 對上視線，卻只收到戀人一記凶狠的眼神，他只好老實承認自己的意圖，但說話時不忘嘟起嘴，畢竟他知道對方喜歡這樣。而 Yuji 也只能搖搖頭。

「這孩子感覺不好對付，你太欺負他，到時候會被他報復的。而且老闆又沒叫你把他當犯人對待。」Yuji 摟上那身西裝底下的纖腰，淘氣的情人忍不住笑了起來。

「看我欺負別人，你吃醋了喔？」

對方愣了愣，接著才將鼻尖按上 Jool 柔嫩的臉頰，慢慢游移至耳際。

「嗯。」

「都說到這個份上了，我們偷偷去房間偷懶一、兩個小時如何？」

「現在是上班時間，Jool，等等我就要出門去見老闆了。」看著自家戀人瞬間皺起的臉蛋，Yuji 輕笑一聲。他抬起手腕看了看錶，轉頭再三交代。

「好好照顧他吧，別欺負過頭，搞到他受不了。」

「所以，還是可以欺負囉？」纖瘦的男子笑著反問，對方跟著笑了出來。

「你開心就好，但要是老闆想找人算帳，那不關我的

事喔。」聽了這番回話，Jool 也樂呵呵地笑了。他們家老闆雖然外表凶神惡煞，骨子裡卻是個超級大好人，只不過是稍微鬧一下受他照料的小朋友，老闆大概是不會說什麼的，而且⋯⋯

「老闆應該要知道，那孩子被欺負的時候可愛死了。」

不愁三餐、有電視可看、也可以在房裡自由活動，但⋯⋯哪兒都不能去。

「我一定要逃跑。」

「在說什麼？」

嚇！

「沒⋯⋯沒有。」

偌大的家庭劇院裡，Francis 被突然出現在身後的人嚇得渾身顫慄，他猛地回頭，只見那位綠眼睛的看護將擺了甜點的托盤遞過來。

「那請用甜點吧。」

嬌小的少年盯著玻璃杯裡的甜點，質地看上去軟呼呼的，還淋著鮮豔的紅糖水，一看就令人流口水。

第三天了，端上來的甜點還沒有重複過，他忍不住心想，這個綠眼睛的惡魔絕對廚藝非凡。

「我想見 Ray。」

「要叫 Ray 先生。」

「吼，Ray 先生就 Ray 先生，讓我見見他啦。」

Francis 努力把自己的注意力從那份誘人的甜點上移開，開口要求正經事。他已經在這間屋子裡住了整整三天，卻連屋主的影子都沒見過一次。

我要怎樣才出得去啊！

面對他的要求，Jool 只是微微一笑，將碗盤放到桌上，雙手揹到身後，說話的口吻多了幾分公事公辦。

「我們老闆公務繁忙，想跟他碰面，要提前一週安排，沒有想見就能見的道理。」

「啊？但這裡是他家吧？」面對煞有其事的說詞，Francis 不由得瞪大了眼睛。

「沒錯，但你以為我們家老闆是普通人嗎？就算這裡是他家，他偶爾也會直接在公司過夜的。況且過去這三天，老闆都在外地出差。你算是運氣很好，才能在衝到馬路上時，剛好撞上我們老闆呢。」語畢，Jool 還不忘放送甜美的微笑。看著眼前這位白白淨淨的少年乾張著嘴，眼睛眨個不停的模樣，他就忍不住心想：欺負起來真是太好玩了。

「但我想出去！」Francis 好不容易才回過神，拔開嗓門大喊，對方挑起了眉毛，對他搖了搖頭。

「不行，再怎麼說，我們都得先查出你到底是誰。」

「都說了我……」

「……是未來人？好喔，大概又該吃藥了。」

自己若能發出女孩子的淒厲尖叫聲，Francis 大概早就把這討厭鬼的耳膜叫破了，這人不但不停打斷他，還對他的說詞擺出一副無奈敷衍的態度。好吧，他知道這一切都很荒唐，換作是他，也不會相信的。但他們都沒想過嗎？世上哪有人會憑空出現在馬路中間？真的有可能是從其他地方傳送過來的啊！

對啦，我能接受這種事，還不是因為有那對不正常的叔伯。

想到這裡，他忍不住雙手抱膝，把臉埋到膝蓋上，肩膀也因啜泣而抽動起來。

從沒這麼想念過那兩位瘋瘋癲癲的長輩。

「如果叔叔跟阿伯在這裡，他們會相信我……一定會相信我的。」

少年瞬間消沉下來的模樣令人揪心，連愛捉弄人的 Jool 都不免心生同情。眼前的孩子身穿他張羅來的衣服，寬鬆的長上衣蓋住了大腿，讓他顯得格外嬌小。

「反正我會幫你問問老闆的。」

Jool 知道對方想一個人靜一靜，便邁開步伐離開了房間。被留下的少年依然埋著頭瑟瑟發抖著，又過了一分鐘

之久,才抬起頭,將視線投向門口。

「我一定要出去找叔叔跟阿伯,那兩個人一定會信我的。」Francis相當篤定地對自己說。

要他乾坐在這兒等那個Ray,他才等不下去呢,與其繼續以這種落魄姿態被困在過去,他寧願逃出去,在外頭受苦受難。

他把桌上的點心塞進嘴裡,把房裡能蒐集到的枕頭全都放到床上,並排在一塊,再用棉被包起來,讓它看起來像個吃飽睡著的人,接著走到門前,推開一條細縫向外窺看,見到走廊上沒有半個人,才走出了房間。

就算是被拘留,但好處是Jool也沒有二十四小時都緊盯著他不放。

Francis繼續沿著走廊前進,即便這間位於摩天大樓之中的房子寬敞得像棟別墅,但他還是大概知道要從哪裡出去,而且那兒沒什麼人會進出,只有在早上見過幫傭阿姨而已。

嬌小的少年躡手躡腳地前進,直到……

「幾點才要回來呀?好啦……早點回來呦,想你了。」

嚇!

他發現Jool一邊講著電話,一邊朝這個方向走來,眼明手快的Francis立刻開門躲進旁邊的房間,感覺自己的小心臟跳得劇烈不已,只能抬起雙手搗住左胸口,再將耳

朵貼到門板上，待到聽見說話聲遠去，才大大鬆了口氣。

「差點心臟病發……」少年喃喃自語，轉身一瞧，發現自己處於一間巨大、寬敞的書房，忍不住瞪大了雙眼，看著眼前成千上萬的書本，內心也跟著激動起來。

Francis 是個愛看書的人，平時能買多少書就買多少，但到了他所生活的年代，生活中的一切早已被科技取代，書本不再是紙本印刷，都是做成電子書，就連書店也很少見，就算買得到實體書，每一本的價格也都貴得嚇人，但在這裡……書架上陳列的書籍多得像是國家圖書館，彷彿有股力量在牽引，讓他不自覺地向前邁步。

「好棒喔，他收藏了這麼多書啊。」Francis 伸出雙手，順著書架一路滑過，好想拿起一本來讀，但潛意識告訴自己……現在正在逃命呢。

「為什麼之前都沒說過有書房啊？浪費我這麼多時間。」他自言自語地嘟噥一句，才果斷放棄看書的念頭，往書房門口走去。

「Fran 先生！你來這招啊？我不會笑你的。」

嚇！

Francis 倏地寒毛直立，離開房間才沒幾分鐘，對方似乎就已經發現他不見了。他趕緊躲到書架後頭，聽見急促的腳步聲從書房門口經過，還伴隨著叫喚聲。

「出來吧，你沒有密碼是出不去的。」

聽著 Jool 的高聲呼喊，逃亡中的少年握緊了拳頭。他知道這裡的保全措施一定做得很徹底，但不試試看怎麼知道？於是當腳步聲一走遠，他就立刻往書房外窺看，只見綠眼睛的男子站在走廊口，一副氣急敗壞的模樣。

「呿，站在那裡幹嘛。」

對方就站在通往屋外的門前，貌似在檢查密碼鎖，確認 Francis 的確還沒逃出去後，竟然直接拉了張椅子，在門口坐下了。

「好喔，想玩躲貓貓就來吧，我很有耐心的。」

不如殺了我！這是要我怎麼出去！

Francis 咬緊牙關，靜下來思索了一會兒，才下定決心溜進廚房。看著眼前整齊羅列的精美餐具，下一秒⋯⋯

碰！匡噹啷噹！

「不好意思喔，我不是故意要破壞東西的。」看著自己造就的滿地狼藉，一聽見腳步聲接近，他立刻拔腿從另一個方向狂奔，接著聽見 Jool 氣得對著廚房裡遍布的碎片破口大罵。但此時也管不了那麼多了，他衝到門口，仔細打量眼前的保全裝置。

「是不是該去把 Jool 打昏，再抓他的手來做指紋感應啊⋯⋯」

別想了吧，我的身型比 Jool 矮小那麼多，再考量一下現在的狀況，我會先死在人家手上吧。

「死馬當活馬醫，隨便試試看吧！」抱著幾分猶豫，他開始輸入密碼。

滴滴。裝置上的紅燈亮起，讓他更焦急了，廚房裡持續傳來 Jool 的叫罵聲，他趕緊又試了另一組密碼。

嗶——！

看見綠燈亮起，Francis 瞪大了眼睛，趕緊撲上門板往外一推，然而……外頭的人也正開門進來。

嚇！

「你在這裡做什麼？」

西裝筆挺、身段優雅的男子看見眼前的少年一臉撞鬼的表情，不禁感到困惑，而 Francis 則是不由自主地後退了一步，心臟狂跳不止。

怎麼辦？要說是碰巧經過？還是什麼？快動腦筋想想啊！

「Fran 先生！人呢！！」

然而，在聽見那該死看護的咆哮聲後，Francis 這才想起自己剛剛破壞了大半的家當，於是當機立斷，迅速轉身、逃離現場。

Ray 皺了皺眉，決定上前一探究竟。他就知道自己不在家的期間絕對會出事，但他並不是跟上那孩子，而是往咆哮聲傳來的方向而去。

「發生了什麼事？」Ray 冷靜地看了看滿目瘡痍的廚

房,不用猜就知道是誰的傑作。

絕對是那個闖了禍後就開溜的小鬼。

Jool 回頭看望向老闆,開始向他告狀,對方也聽得眉頭直皺。

他知道這小子不好對付,但萬萬沒想到,連破壞人家財物的事都幹得出來。

⧖

怎麼辦?怎麼辦?怎麼辦?嗚⋯⋯

此時,鑄下大禍的少年正窩在其中一間房裡,絞盡了腦汁苦思著,不自覺地咬起手指,緩解自己的焦慮。他聽著門外接連不斷的腳步聲,嚇得不敢開門出去,那絕對不只是 Jool 和 Ray 的腳步聲⋯⋯他們現在一定加派人手來找他了。

Francis 的腦袋瓜裡充斥著各種不堪的下場:他可能會被扭送警局,那個凶巴巴的傢伙可能懲罰他,有可能會逼他靠勞力換取大筆金錢,才賠得起那堆被自己砸壞的東西。他不自禁地想這種有來頭的人,或許也幹些見不得人的勾當。

我會不會被抓去賣掉?或是淪為販毒車手?如果⋯⋯要是⋯⋯搞不好⋯⋯腦袋裡越是思考著各種可能性,他就

越是怕得不敢現身。

　　喀啦。

　　說時遲，那時快，房門突然被大大地打開，嬌小的少年蜷縮起身子，把自己縮得更小，緊緊貼在寬敞的床邊，一心祈求著那人趕快出去，但這個心願似乎沒有傳達給天地主宰。

　　「在這兒啊。」

　　老天爺，為什麼來的偏偏是Ray啊？明明還有那麼多人。

　　Francis內心哀號著，將視線往開門的人投去。對方高大的身軀擋在門口，房外的光從他背後打在魁梧的身段上，讓他顯得更令人畏懼，少年原本就已經夠負面思考的腦袋，此時也更加焦慮。最後，他決定放手一搏。

　　Francis衝了上去，懷著一絲希望，試圖從狹小的縫隙突破重圍，然而⋯⋯

　　啪！

　　「哇！放開我！放開我！放手！！！」瘦小的腰被對方一把摟住，Francis整個人懸空而起，嚇得大呼小叫，死命地掙扎著，希望能死裡逃生，讓Ray煩躁地皺起眉頭。

　　「別亂動！」

　　「不要！放開我！給我立刻放開！你這個瘋子！」Francis掙扎得更狂野，還大力拉扯著對方的衣服，替自己

爭取自由。最後，他將手揮向那頭深色的髮，扯得對方終於忍無可忍。

咚！

「哇！」高大的男子一把將他扔到床上，Francis 驚慌地大叫出聲，連頭都來不及抬起，一股沉沉的重量就壓上了他的身子，讓他不由得瞪大了雙眼。

「給我走開！救命！救命啊！！！」

「這裡沒人會救你的，Francis。」

失去耐性的 Ray 將 Francis 的雙手架到頭頂，把他的手腕按在柔軟的床鋪上，低沉的嗓音發出警告。拚命掙扎的人兒更是驚慌，恐懼開始自心底湧現蔓延，漂亮的藍眼睛也逐漸湧現出淚水。

「你有什麼毛病啊？沒事破壞人家東西做什麼！不能乖乖待著是不是？不是說自己成年了嗎？根本就是五歲小毛頭！」

「誰有病！我有病？你才有病吧！神經病！快放開我！我又不是罪犯！你不能這樣關著我！立刻把我放了！」

即便心懷恐懼，Francis 還是有足夠的膽子朝對方吼回去，尚未被禁錮的雙腳使勁全力地亂踢，踹到了對方的屁股上，令 Ray 吃痛地皺了下眉。

銳利的雙眼盯著身下的人不但一個勁兒地死命掙扎，

還半句話都聽不進去，於是他下定了主意。

「唔？！」

柔軟的唇覆上那可惡的小嘴，堵住他所有的尖叫與呼喊時，Francis震驚地雙眼圓睜，不可置信地瞪著突然吻上自己的人。

這個吻不帶一點侵略性，只是以唇瓣的柔軟重重地按上來摩擦，被壓在身下的人好不容易回過神，開始以更大的力道掙扎。

「神經病……唔……混蛋……放開我……放開我……」

「你破壞了我房裡的東西，我就要一點賠償吧。」

當身上的寬鬆T恤被掀至胸口上方時，Francis的雙眼瞪得幾乎跟鵝蛋一樣大，高大的男子迅速欺身而下，將他的手腕按得更緊。

Ray只是想給對方一點教訓，但Francis已經被嚇得目瞪口呆。

「不……不要……不要啊！」

隨著溫熱的指尖滑上自己白皙的頸子，Francis吐露顫抖的呼喊，努力想為自己爭取自由，口中仍不斷放送著最粗俗不堪的謾罵，讓對方越聽越不愉快。

他可不是什麼有耐心的人，尤其是面對這種吵鬧個沒完的小鬼。

「啊！」

Francis倏地僵直了身子，乳尖突然被那對溫熱的唇覆上，嚇得他渾身顫慄痙攣，瘋狂跳動的心臟彷彿隨時都會衝破胸膛，緊接著那股溫熱感化作一道筆直的熱流，直抵他前挺的背部，一陣酥麻隨之蔓延全身，令他不可自遏地發出驚愕的呻吟。

　　身下人給出的反應讓Ray一時恍了神，這孩子不但擁有香甜可口的肌膚，還對任何的撫觸都相當敏感，令他忍不住時不時地抿嘴，時而微微咬住，他只是想給對方一個教訓，讓這小鬼明白自己可不是多有耐性的人。

　　「不⋯⋯不要⋯⋯拜託⋯⋯不要⋯⋯這樣⋯⋯」Francis顫抖地說著，看著那叢深髮在自己胸前動作著，想到接下來可能會發生的事，就令他恐懼不已。

　　我不但被傳送回到過去，還要被過去的人給強上嗎？

　　與此同時，Ray正好抬起頭，欣賞自己種下的成果。

　　粉紅色頭髮的少年嬌小的身軀正因恐懼和暗濤洶湧的情慾而輕顫著，天藍色的雙眼盛滿了淚水，雙頰潮紅，質地柔軟的上衣被高高拉至下巴，袒露在外的一邊乳尖，在他方才的對待下微微紅腫，還泛著薄薄的水光，和白皙的肌膚形成強烈的對比。

　　眼前的景象既賞心悅目，又撩得人心癢難耐，但Ray最後還是將對方的衣服拉下來，以正經八百的口吻說：「好了，現在冷靜下來了？讓我知道你是在發什麼瘋。」

方才發生的一切帶給 Francis 的混亂有多大，此時此刻，那雙目光犀利的雙眼和冷漠的口吻，就有多令他怒火中燒。

　　你都那樣對我了！少擺出一副什麼都沒發生的樣子！

3

　　偌大的臥房裡，兩人依然維持同樣的狀態，Francis依然仰倒在床上，一對手腕被按在柔軟的床舖，一身西裝筆挺的高大男子以威嚇的眼神直視著他，處於隨時都會失去耐性的邊緣。

　　「給……給我走開！你親我幹嘛啊！！！趁機吃豆腐！爛人！你這……」

　　「你要是打算繼續鬧下去，我的豆腐會吃得更過分，Francis。我不喜歡同樣的話講第二遍，你再顧著大吼大叫，絕對就不是只親幾下就能解決。」

　　毫不留情的言語自高大男子的口中說出，令少年瞬間愣住了，內心的恐懼使他不寒而慄，眼前這個人比他的綠眼手下來得恐怖太多了。四四方方的臥室裡，在各種壓迫感和焦慮相逼之下，Francis的理智再度崩潰……但這回，他不再是大吼大叫了。

　　淚水自湛藍的眼眸開始滴落，彷彿一顆顆晶透的珍

珠，不同以往的是，這次並沒有伴隨著大呼小叫的咒罵聲，只有那雙靜靜注視著對方的藍眼睛，像是在訴說著我好委屈，你為什麼要對我做這種事？令對方被看得心頭一震，按在少年手腕上的大手也漸漸放鬆了力道。

令人頭疼的問題少年，此刻彷彿被施了魔法般，變得楚楚可憐，看著眼前這副景象，Ray 只能嘆口氣，將語氣放得緩和一些。

「哭什麼？」

愛逞強的少年倔強地猛搖頭，他想說我才不是會哭得淅瀝嘩啦的人呢，但堆積在喉頭的哽咽讓他無法開口，淚水也更加不受控地縱流著。Ray 敢說，整整一星期的工作量，都比不上這個愛吵鬧小鬼的眼淚令他束手無策。

「對不起，我做得太過分了。」即便這麼說，男子依然不肯放開少年的手，考量到這間屋子才剛發生過什麼樣的災難，這孩子說不準會一時衝動就撲上來打傷他，或是做出更出格的事，他可不能掉以輕心。

「嗚……」粉色頭髮的少年繼續癟著嘴，哭個不停，隔著眼前的淚水叛逆地瞪著對方深邃的眼睛，看得對方只想揉揉自己的太陽穴。

除了手段凶殘，情緒狂暴，讓人頭疼之外，脾氣還這麼硬啊？

「好，我放開你的手就是了。」Ray 緩緩鬆開按住對

方手腕的手，下一秒，被壓在身下的人立刻雙腳大力一蹬坐起來縮成一團，差點讓自己的頭撞上床頭板。天藍色的雙眼噙著淚水，極度防備地瞪著他，雙手緊緊護住自己的身子，怎麼看都像是他這個大人在欺負小孩。

　　只不過這位小朋友剛剛可是把他家裡的碗盤都砸爛了大半呢。

　　「好了，我已經放開了你，告訴我，為什麼要這樣胡鬧？」

　　「我才沒有。」

　　Ray 的話音都還沒完，哭泣的人就嘟噥地回嘴。看著對方即便一邊吸著鼻子啜泣，卻還是堅持要回嘴的態度，Ray 只能皺皺眉頭，最後還是順著他的話問下去。

　　「那你說，為什麼要做這種事？」

　　「因為你把我關起來啊。我又不是犯人。」即使說話的聲音有些顫抖，但語氣明顯是在指責對方逼得他要做出這種事。那個「對方」只能嘆口氣，最後還是不得不繞回這個問題上。

　　「我已經跟你說了，你必須待在這裡讓我看著，直到我找出你是誰為止。哦，而且我也不相信你是從未來來的，所以別再提那件事了。」

　　高大的男人像是早已預料到少年的台詞，先行開口斷了他的話，令淚水慢慢哭乾的 Francis 沉下了臉。

好啊，不提就不提，反正提了也只會讓你更把我當神經病。

「那你有什麼資格關住我？」

「我的確是把你關在這裡，但這裡什麼都有，你要看電影、聽音樂、上網，只要不出去，想做什麼都行。我又不知道你是誰，要是你其實正在躲避誰的追殺，被人家殺掉了，我會後悔一輩子。」

但我又不是在逃亡的罪犯，只是被腦子不正常的長輩從未來傳送過來而已。

面對他給出的理由，對方在心裡如此反駁，但與此同時，卻有另一句話脫口而出：「但很寂寞啊。」

說出這句話，Francis自己也愣住了，對方也愣在當場，過了一會兒才皺起眉頭。

「我都讓Jool跟你作伴了。」

說起這件事，Francis的雙眼立刻放出像老虎看見獵物般凶惡的目光，開始把自己在過去這三天裡經歷了些什麼，而那個綠眼仔又是如何欺負自己的事，一股腦兒地全都告狀出來。

「作伴？你剛剛是說作伴嗎？是作伴還是坐監？你講清楚！這兩個字可不是一個意思啊！你知不知道你的手下是怎麼對我的？好像我殺了人一樣！強迫我吃飯吃藥，不吃還會給我上手銬！他還威脅我，你僱他來就是讓我按時

吃藥的，沒有交代他必須對我好，只要他的工作有完成，想怎麼對我都沒關係！」

壓抑許久的人越說越大聲，聽得 Ray 再度嘆氣。

果然還是發生了。

自己這位親信的個性有多差，Ray 是心知肚明的，只要喜歡誰，總愛捉弄個幾下，看來這孩子也慘遭毒手了。

「我每次問起你，他都會把你講得超級尊爵不凡，想見你要一個禮拜前預約才行。是啊，你哪有必要關心一個路邊撿回來的人呢？我只會給你找麻煩而已，你根本也不用管我有多寂寞！」

「嗯哼。」

「啊⋯⋯不⋯⋯不是，我不是說你要想我什麼的！只是接連幾天都見面，突然就見不到了，應該要想到一下，只是這樣而已。」聽見 Ray 沉思一般地哼聲以對，Francis 才意識到自己說了什麼，連忙改口，感覺自己的嘴巴都在發抖，連舌頭都要打結了。

對方沉默了一會兒，才開口平靜地說：「所以你是想我了？」

「我沒有！！！」

「你剛剛說了想⋯⋯所以是見不到我，你寂寞了？」Francis 感覺自己走投無路，他緊抿著嘴，瞥見眼前的人依舊面不改色，只好低頭將視線投向自己的腳尖，伸手抱住

膝蓋,把自己再縮成了一顆球。

「畢竟是你幫了我,這整座城市,我也只認識你一個人啊。」

沒錯,就連我至親的叔叔和阿伯都還不知道 Francis 這個人的存在呢。這個人是我唯一的依靠了。

看著眼前的人兒將臉埋到了膝蓋上,原本令人頭疼的小鬼轉眼就成了令人心疼的孩子,Ray 銳利的眼神也隨之柔和了幾分。

「我等下給你我的電話,你有事就打給我,但先警告你,如果是想打來整我,我回來後一定會修理你,而且絕對會比剛剛還重手。」

Francis 差點就要把眼前的男人當成好人了,但聽完這番話,他立刻就明白,有什麼樣的手下,必定有什麼樣的主子,這兩人一個樣……威脅人成習慣。

「總之,只要我有空,就會帶你出去……」

「真的?!」這句話讓方才還縮在床頭瑟瑟發抖的人跳了起來,衝向正要從床上起身的男人,那張好看的臉蛋堆起燦爛的笑容,天藍色的雙眼也亮起了希望,讓 Ray 點了點頭。

「但你要答應我,從今以後不會再這樣破壞我家的東西。」

「我答應!我答應你!今天是我不對!」Francis 一口

答應，接著才小聲地認錯。就算再怎麼愛發脾氣，犯錯時該有的禮貌他還是懂的。

對方伸出手，輕輕摸了摸他那色彩新奇的頭髮。

「那些損失的賠償，只要你好好表現，不要再事事讓我頭痛就行了。」

欸？這是在罵我老愛給他惹麻煩嗎？

Francis 瞪大了眼睛，看著高大的男人自床上起身，在對方準備踏出房間之前，低沉的嗓音再次傳來。

「跟上來啊，去吃晚飯了，我會叫 Jool 別再那樣對你。」僅僅幾句話而已，小麻煩臉上就綻放出了笑容，嬌小的身子跳下床，小跑步地跟上自己的監護人。想辦法回家的事就先放到一邊，先讓他好好報復那個看護吧！

唉唷，欺負了我這麼多天，等著瞧吧，看我怎麼報復你。沒聽過嗎？士可殺，不可辱！

一有人給自己撐腰（？）Francis 的心情都快活起來了。

⧗

於是乎，拖著被工作折磨了一整天的疲憊身軀，好不容易回到家的 Ray 不但沒辦法先吃晚餐，還被麻煩的小鬼跟前跟後地纏著，要他先嚴懲 Jool 的罪行。堂堂 Maclas 集團的大老闆，此刻只能坐在長沙發上，跟前站著一身西

裝、雙手交握放在背後的看護,而 Francis 則站在 Ray 身後,擺出一副狐假虎威的態度,看在 Jool 那雙綠眼睛裡,實在是要他不笑出來都難。

不是說自己是大人了,可以照顧自己了嗎?結果一找到靠山,就變得這麼幼稚。就是這樣才讓人想欺負啊。

「老闆,找我有什麼事嗎?難道是要談談因為我沒盡好我的職責,才讓某人砸壞家裡一堆東西的事?」

「喂!」

大家都說先開口的先贏,聽見 Jool 語氣嚴肅的提問,Francis 情不自禁地大吼出聲,瞪大了雙眼,怎麼又變成他的錯了?

「我不是故意的!誰叫他都不讓我出去!」

「Francis,這件事我們已經談過了,在證明你的真實身分之前,你哪都不能去。」

原本以為會當自己靠山的人,反而以嚴厲的口氣回應,眼神明顯傳達他不想再重複說同樣的話,粉色頭髮的少年只好趕緊轉移話題,替自己找台階下。

「好啦好啦,是我不對,破壞了你家的東西,但你的員工把我當犯人對待,還給我上手銬耶。」

好,在這件事情上我就贏了吧?他可是違法侵犯我的人身自由呢,這種不符合比例原則的監禁式待遇,我才不會接受!

「Jool，真的是那樣嗎？」

Ray 轉頭問自家心腹，與此同時，站在他身後的少年還揚起了下巴，擺出不可一世的態度，讓被指控的人忍不住微微勾起嘴角。

「沒錯，我替 Fran 先生上了手銬……」

「看到沒！Ray！快處罰他！他真的欺負我！」

「……但我會那麼做，是因為 Fran 先生鬧到太讓人頭痛了，我知道這麼做稍嫌過分，但要是 Fran 先生不按時吃飯用藥，又怎麼會好呢？更別說要恢復記憶了。」

少年才剛以一副贏下這場訴訟的氣勢大聲控訴，被告就平靜地接話，不僅推翻他的論點，還替自己的行為提供了合理依據。那張算得上好看、以男人來說相當漂亮的臉龐掛著禮貌的微笑，綠色的眼眸望著自己的老闆，表示自己的所作所為都是真心為 Francis 好，除此之外……

「但我也該為自己的行為向 Fran 先生道歉才是。」

蛤？處境怎麼翻轉了？！

「你怎麼說？Jool 都跟你道歉了？」

Ray 回過頭問他，彷彿本案已定讞，Francis 只能乾張著嘴，瞥向自己控訴的對象，對方正趁老闆不注意，挑高了兩道細細的眉毛挑釁著他，令他氣得火冒三丈。被這樣耍著玩，他才不會善罷干休！

「他不讓我見你耶！連跟你說話都不給！」

「這很正常，Fran先生，你可以問問Yuji，要跟老闆見面，原本就要提前一個星期預約⋯⋯」Jool立刻打斷他，將眼神投向站在一旁戴著眼鏡、雙手抱胸的男子。被點了名的Yuji於是開口說：「是，老闆身負重任，一些瑣碎的小問題，不該勞煩他親自解決。」

「你說我是瑣碎的小問題嗎？！我不能回家欸！你們都有病是不是？把我當成什麼？可以隨時玩弄的玩具嗎！」

不出Ray所料，這顆小炸彈立刻再度被引爆，震耳欲聾的吼叫聲撼動整間屋子，他無奈地嘆了口氣。

「可以安靜了。」

「還不是你的員工⋯⋯」

「我說安靜！」

Francis還來不及反駁，就收到一句嚴厲地喝斥，他只能閉上嘴巴，抿起了嘴唇，天藍色的雙眼氣憤得像要迸出火花。

你是我爸喔？有權力叫我安靜嗎！

但Ray完全無視他的不滿，只是轉過頭對心腹囑咐。

「Jool，你從現在開始要把Francis當客人，別再讓我看到這間屋子裡有手銬了⋯⋯」

當Ray一開口，那雙藍眼睛就大大地睜得渾圓，不可置信地看著替自己說話的男人，原本向下繃著的嘴角也開

始揚起好看的弧度。

「Yuji，你也別再偏袒 Jool 了。」

見兩人當面受到老闆責備，Francis 忍不住跟著點頭，表現得相當認同。他繞到這間屋子的主人背後，信心滿滿地用占上風的態度對看護扮鬼臉吐舌頭，但看在對方眼裡，完全就是個五歲小孩。

「至於你⋯⋯」

「啊？我也有份？」勝利所帶來的快感才維持不到幾秒，Francis 就傻住了。Ray 突然轉頭跟他對上視線，他連舌頭都來不及收回嘴巴裡。男人自然是看見了，但不打算跟他計較，只是平靜地對他說：

「你也是，以後安分點，按時吃飯吃藥，要是讓我知道你又胡鬧，絕對不會再站在你這邊。」

這叫站在我這邊？哪邊啊？分明把他當成做錯事的小孩，哪有站在他這邊了？

「聽懂了沒有？」

「Ray，可是⋯⋯」

「要叫 Ray 先生，別直接叫 Ray。」

他還來不及扯開嗓門就立刻被對方的下屬出聲打斷，Francis 只能回頭朝對方齜牙咧嘴。

「不重要，想怎麼叫就怎麼叫吧。」

得到老闆本人的許可，原本氣嘟嘟的人瞬間又笑了開

來，但他的笑容都還沒收好，男子又接著說：

「先說好，以後不會再發生今天這樣的事，不准胡鬧，不准搗蛋，不准破壞東西。」

「講得好像我是小朋友。」

Ray 很想說的確是小朋友沒錯，但還是保持沉默，以銳利的眼神代替言語回應，少年只好癟癟嘴，點頭同意。

「好啦，那你也答應我了，有空會帶我出去。」

「只要你好好當個乖孩子，我就會遵守約定。」

少年一掃原先的壞心情，湊上前去緊緊抓住男人的袖子，臉上滿是容光煥發的神采，還仰起頭來直視著對方的雙眼，漂亮好看的臉龐讓 Ray 看得一愣。

Francis 笑起來很燦爛，因為他只要一笑，那雙湛藍的眼眸就會像萬里無雲的晴空一般耀眼，而那頭粉紅色的頭髮，越是湊近看就越能發覺柔細光澤，Ray 忍不住心想，要是他表現得正常點，Francis 或許會比誰都要迷人。

「我已經不是小孩子，但既然你想要我當小孩子，我就當吧。走了走了，快去吃飯，你一定餓壞了吧。」聲稱自己不是小孩的少年，似乎已經將臥室裡發生的事忘得一乾二淨，拖著屋子的主人朝剛被自己破壞過的廚房迅速前進，而 Ray 的兩位心腹則是跟在後頭。

「說自己不是小孩，但行為根本就是小朋友。」Yuji 平靜地說，身旁的人聽了咧嘴笑開。

「老闆也是啊，叫你不准偏袒我，自己還不是偏袒 Fran 先生。」

對方一聽愣了愣，接著才開口向戀人提問：

「Jool，你覺得那孩子闖進老闆的生活，會不會帶來什麼改變？」

老闆總是一臉平靜沉著，Yuji 已經不知幾年沒見過他臉上顯露出其他情緒了，但打從 Francis 出現後，卻親眼看見老闆嘆氣的次數已經數都數不清，偶爾還會看見他揉起太陽穴，這可是前所未見的事。

即便那背後的情緒，比起開心應該更偏向無奈，但 Ray Maclas 還是在他們面前展現出其他表情了。

聽他這麼一問，Jool 露出調皮的賊笑。

「我們就等著看囉。」

是啊，就拭目以待吧。

「喂，你待在家的時間這麼少，我要怎麼向你證明自己的身分啊？」

在餐廳的桌前，Francis 對著坐在主位的人一邊提問，一邊用叉子叉起切得剛好能入口的肉。他不禁猜想眼前這個男人的臉上除了冷漠的一號表情，還能有什麼變化？儘

管桌上的食物如此美味，但從對方的表情完全無法判斷他覺得好不好吃。

「你不需要證明，我已經派人去查了。」

查到死都查不到啦，除非你的人有辦法穿越未來。

他微微癟起嘴，依然不打算放棄追問，總是能找到辦法讓對方相信自己是來自未來的吧。

「可是我想讓你多認識我一點啊，這樣你才會相信我不是什麼偷渡進這個國家的壞蛋，也才能早點把我放走。」Francis 試著迎合對方的想法⋯⋯誰會想收留一個陌生人那麼久呢？

「那你向我證明自己不是偷渡進來的壞蛋之後，又打算怎麼過日子？在外面四處流浪，逢人就是說自己是未來人嗎？」

啊，這倒也是，誰會相信我是從未來穿越來的呢？我身上又沒錢，可能會就此流落街頭。

嬌小的少年沉默下來，Ray 淡淡嘆了口氣，把盤子上的最後一口食物送進嘴裡，看著方才還吃得津津有味的人，此時一副食不下嚥的模樣，只好站起身說：

「跟我來吧。」

Francis 聽了便立刻乖乖起身，想知道對方要帶他去哪。

兩人沿著走道，來到一間房間的門前。

「這是剛剛的房間……」沒錯，這裡是他方才躲藏的地方。

Ray 將房門大大地打開，開燈讓光線照亮整個房間，Francis 這才發現這間房比想像中要簡樸，即便空間很大，卻沒有什麼豪華的裝飾，甚至比不上他住的那間。房中央擺著一張鋪著深色床單的大床，一邊的角落放著書桌，另一側則是靠著牆的書櫃，唯一稱得上裝飾品的，就是兩、三幅立著的畫。

這就是房裡所有的東西了。

「這是我房間。」

「嗯？」Francis 微微睜大了眼睛，這個人的房子獨占了高級大樓的一整層，聽說頂樓還有游泳池呢，但他本人的房間卻這麼普通嗎？還以為他會睡那種柱子上鑲著寶石的床呢。

「我喜歡一切從簡，住起來舒服就行了……反正，你之後就來這間跟我睡吧。」

「欸？」Francis 還處在臥室的普通帶給他的驚訝中，清楚聽見這番話，他只能瞪大眼睛望著對方，好一會兒才困惑地問：「你是飽糊塗了嗎？」

這是對方今天第幾次嘆氣了？

「我沒糊塗。你不是說要讓我多了解你一點？我的工作很忙，睡前沒什麼時間，你要是想說什麼，或想跟我聊

天,就要來這裡睡,不然可能不會碰到我。」

所以要是有什麼想說的,還得等這傢伙回房間睡覺啊?不過先等等⋯⋯

「怎麼了?」

一個念頭自 Francis 心底閃過,嚇得他立刻向後逃竄,投去戒備的視線,想起早先發生的事,下意識地抓住自己身上那件寬鬆的上衣⋯⋯難道穿得鬆垮垮的,真的會顯得很色氣嗎?

「你不是要把我拐騙上床吧!」

「我對小朋友沒興趣。」

「誰是小朋友!」Francis 被激得面紅耳赤,小心翼翼的態度瞬間消失無蹤,還跨步上前湊近對方,怒氣沖沖地直視對方的眼睛。

開口閉口都是小朋友,二十歲早就不是小朋友了!

「如果被親一下就哭算是小朋友的話,那你的確是。」

「我沒有心理準備!」

「那要是我先跟你說了要親,你就不會哭?」

欸?

Francis 頓時傻住了,他望進那雙深邃的眼睛,實在難以判讀其中的訊息,不知道對方究竟是認真的,還是在開玩笑。他只能緊緊咬住自己的下唇,感覺這男人實在是比自己的叔伯難對付多了。

「你放心吧,別人不情願的話,我什麼都不會做。」

「但你剛剛就做了!」愛回嘴的少年一逮到機會就反駁。

「那是因為你太吵了⋯⋯所以呢?要過來跟我睡嗎?」嬌小的少年沉默地陷入思考,真要說起來,除了那個嚇得人措手不及的吻,還有在胸口舔弄個幾下以外,這男人的確是沒碰到他幾塊肉,而且要是逃回原來的房間去睡,絕對會被當作怯戰的膽小鬼。

「好啊,我就睡這裡,要是你敢對我做什麼,我絕對會殺了你!」放完這番狠話,他便側身鑽進房間去了。也沒什麼東西必須回原本的房間收拾,他孑然一身,連身上穿的衣服都屬於這個凶巴巴的傢伙。

見對方的反應活像個不服輸的孩子,站在後頭看著他的男人臉上,不由自主地帶了淡淡的笑意。

真的是個小朋友啊。

Timeless

4

　　清晨的日光自厚厚窗簾間的縫隙鑽進臥室，打在男人五官深邃的臉龐上，即便熟睡的面龐平靜得毫無任何情緒，但這一天醒過來時，Ray 總感覺有什麼跟平時不同……有東西正緊緊地環著他的腰。

　　那是一團粉紅色的棉花糖。

　　「唉。」Maclas 集團的主人，以重重的嘆息聲開啟了新的一天，他低下頭，看了看昨晚剛搬進他房間的這隻小動物……Francis。

　　憑空出現在他車子前面的怪人，還說自己來自未來。這人昨晚睡覺時還退到床的另一邊縮成一團，拿了枕頭擋在兩人之間，畫了條楚河漢界，荒謬得令他想嗤笑，但到了隔天早上，少年自己把枕頭揮到一邊，整個人滾到他這一側，若無其事地抱著他睡。那張白白淨淨的臉蛋甚至還埋在自己的胸前，讓 Ray 看得只能直搖頭。

　　高大的男人試著起身，盡可能以最輕的力道將對方的

手從自己身上扳開,然而……

「唔!」粉色頭髮的人發出抗議的呻吟,雙手將他的腰環得更緊,還抬起了腳纏上來,讓 Ray 只能嘆口大氣。

老是說自己不是小孩子,睡起覺來就跟小朋友一樣。

他轉頭看了看床頭的時鐘,發著螢光的指針顯示現在是早上六點,還有一點時間,深邃的雙眼再度看向嚼著口水熟睡的人兒,感覺睡得很香甜呢。

這大概是 Ray 頭一次有機會好好觀察這個被自己撿回來的人。

他已經不下數次對自己承認,Francis 的外貌非常吸引人,不只是因為那頭奇異的粉紅色頭髮,連同他的五官,都像是經過藝術家巧手精心安排一般。當那雙湛藍眼眸抬起望來時,總會給 Ray 帶來些微的心靈衝擊,讓他產生超乎憐愛的情感。

「嗯……」

抱著他睡的少年開始踢被子,伸手將厚重的棉被從身上推開,原本被棉被蓋住的肌膚袒露在 Ray 的視線前。他的 T 恤套在對方身上顯得鬆鬆垮垮的,睡到捲起的衣服底下露出白皙無瑕的腹部,看著那彷彿吹彈可破的肌膚,讓他不禁再度有了這個念頭——這孩子實在是好稚嫩啊。

不只是外型,就連皮膚都細緻得像個嬰兒……昨晚那樣的柔嫩觸感,他依然記憶猶新。

昨晚他就是想教訓這孩子而已，真的沒有什麼其他出格的想法，但無法否認的是，觸碰對方的手感彷彿到現在都還停留在自己掌心。

　　「我要真想對你做什麼，你才殺不了我呢……完全是你自找的。」男子微微搖著頭。回想昨晚，少年還咬牙切齒要他什麼都不准做，結果早上卻自己抱上來了，還抱得死緊，睡得讓人這麼心神不寧，若換作是他的弟弟或後輩，早就被他抓起來修理一頓。

　　「呵……」想到這裡，Ray忍不住輕笑出聲，若是他把方才那些想法當面說出來，對方大概會氣得暴跳如雷，指著他的鼻子痛罵，說天底下才沒有這麼沒良心的哥哥。

　　即便這聲笑稍縱即逝，Ray依然暗自為自己的反應感到訝異，他原本的預想是讓這孩子來住自己房間可以解決很多問題，至少能讓他少鬧一些，或是別再想著要逃跑；正因如此，他才願意讓出一些私人領域，但卻意外發現被削減的不只是他的隱私，似乎連長年積累下來的焦慮也被化解了一點。

　　「你究竟是打哪來的？Francis？」Ray的內心不由得再次浮現這個疑問，回想起事發當下，他甚至完全不記得Francis是從左邊還是右邊冒出來，只記得少年在那瞬間突然出現，就像……奇蹟一般。

　　「真是瘋了，聽了一堆瘋言瘋語，腦子也跟著不正常

了。」面對閃過腦海的念頭，Ray趕緊將之揮開，大手開始繼續動作，將對方緊抱住自己的手給扳開，讓粉紅色的章魚發出了「嗯啊咿唔」的抗議聲，但在他拿顆枕頭給那孩子環抱之後，Francis便將臉埋進枕頭裡，稍微扭了扭身子，就安靜了下來，比起靠了一整夜硬邦邦的胸膛，他或許更中意枕頭的柔軟。

「真的是小朋友。」高大的男人自床上起身，還很好心地拉起被子替對方蓋上，不知怎地⋯⋯他忍不住伸出手，撥開對方粉色的髮絲，露出那被頭髮蓋住的臉龐，嘴角也勾起了淡淡的笑意。

「今天別再惹事了。」他湊近那張臉龐，唇瓣幾乎就要碰上對方的額頭，卻還是及時退開，轉而用手輕輕在那額頭上敲了一記，像是在告誡一般，然後就轉身走進浴室，內心困惑起來。

今天早上感覺⋯⋯特別神清氣爽，難道是因為一睡醒就見到了粉紅色的棉花糖嗎？

⌛

是誰說一起睡就能碰到面的！

此時的Francis正氣噗噗地想著，打從他換到這間房跟屋主一起睡開始已經又過了三天，卻連對方的人影都沒

見到。每天入夜後，他都想著要問對方什麼時候會帶他出門，卻總是先睡著了，一覺醒來，身旁也只剩下睡亂的床位，人倒是不見蹤影，唯一能證明對方有回家的東西，大概就是換下來扔在洗衣籃的衣服。

吼！想到就氣！

粉色頭髮的少年一邊氣憤地想，一邊將麵包往嘴裡塞，手中還拿著厚厚的小說翻閱著，現在這個家裡的圖書館已經稱得上是他最喜歡的地方了。

「你邊吃麵包邊看書，要是麵包屑掉進去，有蟲來把書咬壞了，打算怎麼賠償呢？你連上次那些碗盤的錢都賠不起。」

又來了，這個老愛找我碴的綠眼仔。

Franics 將視線瞥向身著西裝的看護，在上次被老闆告誡過後，Jool 就不再擺出恐怖的態度威嚇他，但那兩片死不饒人的嘴皮還是讓他煩躁不已，尤其當對方說的越是事實，他就聽得越不順耳。

「屋主都沒說什麼了，做下屬的還來跟我討什麼？」

「我老闆才不關心幾個碗盤呢，但一般有常識的人都會多少表示負責，而不是像你這樣穿著人家的衣服、睡著人家的床、吃著人家的飯，還未經許可就拿人家家裡的書來看。」

Jool 細細數落了一長串，心想這個不服輸的孩子肯定

又要叫囂地反駁了，但 Francis 只是回過頭來，沉著嗓子對他說：

「我已經問過了。」

「怎麼問的？」

「就⋯⋯我有寫張便條紙貼在衣櫃上，跟他說我要拿書來看啊，這就算是有問了！」

書的主人有沒有看到那張紙條就又是另一回事了，那張紙條可能直接被揉成一團、進了垃圾桶也說不定，但至少他做了詢問的行動，要論禮貌，他可是問心無愧。

「那叫問嗎？」

「就真的有問啊！」Francis 只能替自己辯解，他實在沒想到，都已經穿越來了過去，還有人代替叔叔伯父在他耳邊碎碎念。那兩人不知道是怎麼回事，已經過了一星期，居然還沒想到要帶他回去，越想越惱火，Francis 只能繼續埋頭看書。

「好了，不跟你說了，我要看書。」要是再跟 Jool 鬥嘴下去，他一定說不過對方，一想到這裡，嬌小的少年決定一頭栽進書本中。如前所述，他是個愛看書的孩子，能透過紙本書籍閱讀，在他所生活的時代是一般人得來不易的享受。

既然還找不到回家的辦法，那就讓他把握機會，盡情用書本來殺時間吧。

見他這樣的態度，Jool 也只能放任他去。說實在的，初來乍到的那三天，這孩子成天只會縮在角落，想著該怎麼逃跑，現在能跟他一來一往地鬥嘴，已經好了不少。

「老闆，那是什麼？」

「未來人的傳訊方式吧。」

在專用的私人電梯裡，Ray 低頭看著手中的三張紙條，目光流露淡淡的笑意，讓 Yuji 實在按捺不住好奇，打破禮數開口提問，而在得到老闆打趣的回應後，這位超級祕書不禁愣住了。

此時的 Ray 正盯著紙上工整的字跡細細打量著。每天回家時，那個說要自證身分的人早就睡死了，完全在他意料之內，但令人意外的是，衣櫃上貼著紙條。

跟你借一下書喔。

而當他打開衣櫃，裡頭又放著另一張紙條，寫著：

書借我看喔。

等他洗完澡回到床邊，就看到他都還沒同意要借的東西已經到處四散，床頭堆了好幾本書，其中幾本還擺在枕頭邊，顯然有人是看著看著就睡著了，而那個躺在書堆中的少年，身上套著屬於他的過大睡衣，活像個偷穿爸爸衣

服的小朋友。

而他非但沒有因此不高興，還笑了出來。

Francis 是個任性的孩子，但該有的詢問也沒少，大概是怕事後被他罵，先以防萬一。

「今天還有什麼工作嗎？」

「沒有了，但明天有人跟你約吃早餐，三場會議，晚上八點有歡迎餐會，還有，Rasbell 先生有些市容整治計畫方面的問題想諮詢。」

一說起最後這件事，Ray 就重重地嘆了口氣，他才不想跟市容整治計畫有牽扯，但對方是他已逝父親的好友，讓他難以拒絕，不得不表示支持。即使這個祕密討論中的計畫對這座城市而言算是美事一樁，他還是想能不碰就不碰。

「嗯，總之，這個周末幫我空一天出來吧。」

「好的，老闆。」Yuji 有禮地回應，內心卻忍不住感到困惑，這個生活一向只有工作的人，怎麼會突然提出這種要求？

「給他點獎勵，免得他又要大吵大鬧了。」Ray 彷彿感受到了 Yuji 不解的眼神，在踏進家門前平靜地說。

Yuji 先是一愣，在意識到老闆指涉的對象是誰之後，忍不住笑了出來。

「唉呀，老闆今天這麼早回來？」一踏進偌大的家，就見 Jool 走上前來恭敬地迎接，但也不忘開口表示困惑。

「今天怎麼樣？」Ray 沒有回應對方的問題，眼睛環顧了整間屋子，今天感覺蠻正常的⋯⋯

沒錯，打從 Francis 住進來後，他家裡的狀況就越來越偏離常軌了。

「這幾天都很乖，沒有再試圖逃跑，整天就窩在書房裏看書，只有在我逼他吃飯吃藥的時候會發脾氣，感覺很喜歡看書呢。」

Ray 聽了點點頭，將西裝脫下來掛在手上。他差點就要直接走進書房，但還是先轉到臥室去換衣服。

Ray 換下一身正裝，穿著棉褲、將襯衫袖子捲至手肘處，顯得比平時都要舒適隨興。他伸手推開書房門，這個他多年未造訪的空間，現在似乎已經成了 Francis 的藏身之處。

「這些天他都沒做什麼呢，整天就是吃飯、睡覺、看書，反覆循環。」心腹湊到他身旁低聲報告，Ray 揮了揮手讓他先離開，接著走進書房，靠近被小不點占據的沙發，深邃的雙眼盯著眼前正熟睡、將書蓋在臉上的少年。

「Francis。」

「唔⋯⋯」跟早上一樣，一旦有人要叫醒他，Francis 就會輕輕出聲回應，然後翻個身試圖逃避，而且還不忘拿起書本把臉蓋好。Ray 趕緊伸手將那本書拿起來，免得書掉到地上。

「Francis。」

「唔⋯⋯人家在睡覺啦，阿伯。」

Ray 傻住了，他不確定對方那句阿伯是在叫他，還是真的在叫自己的伯父，他只能無奈地嘆口氣，伸手戳戳對方的肩膀。

「起來了，現在才下午四點，你這樣晚上會睡不著。」他微微出力搖了搖熟睡的少年，對方卻沒有要醒過來的跡象，反而繼續說著夢話。

「唔，不要凶我啦，還真像那傢伙。」

「哪個傢伙？」Ray 希望能藉此問出一些線索，好讓他查找少年的真實身分，卻在對方含糊地說出下一句話時再度愣住。

「某個說話不算話的傢伙啊，我都說我寂寞了⋯⋯都要孤獨死了。」

少年仍在半夢半醒之際，對於自己現在正被誘導式地問話渾然不覺。他口中那位說話不算數的人則坐到了沙發上，湊向那顆圓圓的腦袋，深邃的雙眼望著嬌小的身軀。

孤身一人，身旁誰都不在的感受，他很清楚。

「在找到認識你的人之前，就先委屈你跟這個說話不算話的人待在一塊兒了。」

Ray 伸出手想摸摸那顆粉紅色的頭，又及時止住了動作，將手收了回來。他並不想吵醒這孩子，轉而將注意力

放到 Francis 讀到一半的書本上。

小說？

Ray 對這種書不太感興趣，書房的眾多藏書是他母親的興趣，母親生前蒐集了許多作家的作品，但在她過世之後，就再也沒有人關心這些書，令他這個做兒子的不免心生歉疚。

「奇蹟降臨，讓兩人心意相通……」Ray 讀出書本上的文字，忍不住搖了搖頭，比起奇蹟，他更相信腳踏實地打拚才能開創一切，重點是要用心和行動去實踐，而所謂奇蹟，是他早已摒棄的童話故事。

但此時的他實在很好奇，Francis 怎麼會對這個故事感興趣，開始一頁頁地翻閱起來。

不知過了多久，外頭逐漸轉弱的陽光開始斜射，橘紅色的光線灑進書房，睡得正香甜的人醒了過來，湛藍的雙眼連眨了幾下，轉頭看了看四周。

「你醒了？」

「哇！你什麼時候來的！」

一抬起頭，只見某人正在離自己極近的距離看著書，在 Ray 開口問話的那一秒，Francis 差點沒跟著彈跳起來。

「我在這好一會兒了。」

「那你為什麼不叫我？這幾天我都在等你早點回來耶！」即便是剛睡醒，Francis 的嗓門依舊宏亮如常。掌握

自己生殺大權的人就坐在這兒，他卻在睡覺而沒有把握機會，白白浪費了大把時間啊！

聽了他這番話，Ray 只是看了他一眼，平靜地說：

「我叫也叫了，搖也搖了，你就是不醒，還叫我阿伯，說我說話不算話。」

「啊？騙人！」對方先是瞪大了眼睛，馬上便顯得有些心虛，沒想到自己的貪睡這麼致命。他忍不住抬頭打量眼前這個五官深邃、令人畏懼的男人，一邊疑惑自己睡覺時究竟都說了些什麼，同時也好奇起對方究竟幾歲。

「我沒騙你。」

「是我不對啦！話說，你幾歲啊？我只知道你事業做很大，連跟室友講話的時間都沒有，除此之外什麼都不知道呢。」剛睡醒的少年湊向對方，眼裡寫滿了好奇。

「你覺得我幾歲？」

「三十。」

面對對方如此肯定的回答，Ray 瞬間傻住了，他不禁疑惑，自己的臉真的長得這麼著急嗎？在對方催問著他有沒有答對之下，他只得嘆口氣。

「不對，我二十五。」

「哇！不可能！天底下哪有二十五歲的人事業做這麼大！還在高樓大廈裡面有間跟皇宮一樣的豪宅，還養了個性那麼差的員工！我才不信！而且你看起來這麼成熟。別

鬧了，你老實跟我說，我不會叫你阿伯的啦。」

Francis 瞪圓了眼睛一口氣道出自己的不可置信，不是因為對方長得老，而是這個人不但坐擁一切，還一臉凶神惡煞、橫眉豎眼，到哪都穿著一身西裝，完全不像二十多歲該有的樣子啊。

但怎麼辦？總覺得現在周遭的氛圍變得很詭異。

「唉，都說了我沒騙你。」

「不敢相信，你只比我大五歲？怎麼會差這麼多？」嬌小的少年低頭看看自己，他原本以為即便是被叔伯用少根筋的方式養大，自己也長得算早熟了，但有了眼前的對照組，相較之下，自己完全就是個小朋友。

「欸，你覺得我幾歲？」

「十六。」Ray 不假思索地說。

行徑跟小朋友沒兩樣的人立刻大聲駁斥：

「我二十歲了！二十！在法律上已經成年了！只比你小五歲！你不要用身高來評斷人家的年紀！」他才不矮呢，是對方太高了。

面對他的大呼小叫，對方只是看了他一眼，便將手中的書本遞給他，結束這段對話。

「啊？你也有看喔？這本很好看耶，我從早上就開始看，一直捨不得放下，不讀完不甘心，超上癮的。等看到結局，知道男女主角到底是怎麼相愛之後，總算可以放下

心中的懸念，結果眼睛一閉就睡死了。總之我超喜歡這本的，故事講的是奇蹟的發生，人們總是在尋找心靈的另一半，感覺好浪漫。」一說起書本的內容，Francis 就淘淘不絕地說個不停，露出一臉陶醉的表情，完全出乎對方的意料之外。

還以為只是在打發時間，沒想到是認真的，還看得這麼入迷。

「我真的很喜歡喔，裡面有句話說：不論傾心的另一半位於何處，我們都能順著心的指引找到他，那感覺就像是，即便那人在世界的另一端的盡頭，最後終將都能找到他一樣——」

「呵呵。」

「你笑什麼！是在取笑我嗎！」少年對小說劇情癡迷的表現讓聽者不免被逗樂了，看著對方沉醉地向他闡述小說中的愛情，Ray 忍不住笑出聲來，惹來 Francis 高分貝的怒吼和怒氣沖沖的回瞪，接著少年又……愣住了。

Ray 笑了……那個面癱男居然笑了。

Francis 不可置信地望著那張過於成熟的臉龐，那對總是呈現水平線的嘴唇，此刻正向上勾勒著笑意，意外替這個陰鬱男子增添幾分年少感，那雙難以判讀情緒的深邃雙眼此時也映著淡淡的光點，整個人的氣場都變得柔和許多，讓他看得目不轉睛，深怕會錯過什麼重要的瞬間。

「你不知道自己笑起來比較帥啊？」

哇！我不該講出來的。

少年這句話才說出口，對方就立刻收起了笑容，恢復他的一千零一號表情，看得人不由得皺起了臉。

「你要多笑啦，不然大家都會跟我一樣覺得你三十歲喔。」即便他這麼說，Ray還是不肯再露出笑容，讓人感到有些可惜。Francis湊上前去，不顧禮節地伸手捏起對方的臉，將對方的嘴角往上提。

「不對啦⋯⋯要這樣笑才對，這樣好好笑喔。嘿！快笑啦，我想看⋯⋯」

任性的少年像是對男人的笑臉十分執著，但被強迫微笑的人只是開了口，冷冷地說：

「你還要捏我的臉捏多久？」

嚇！

少年的動作瞬間靜止。絕對是因為剛剛那個笑容，才讓他不知不覺有了敢動手的勇氣。他低頭一看，自己的手還停留在對方臉上，根本是亮晃晃的犯罪鐵證，臉頰柔軟的觸感自掌心傳遞而來，讓他不禁臉上一熱，慌忙地鬆開了手。

「那你幹嘛不笑啦。」回個嘴好表示這不完全是自己的錯。

見對方將臉別向一邊，一副害羞得不知所措的模樣，Ray也只好先行開口：「你不是有話要跟我說嗎？」

「哦！對啊！要是你今天也沒早點回來，我都準備拿張紙貼在你的西裝上了。」一說起這件事，Francis立刻就收起了害羞的神態，露出興致勃勃的樣子，轉頭對他信誓旦旦。「我有辦法讓你相信我是從未來來的。」

　「怎麼樣？」

　花費好幾天時間苦思細想的人，扯開笑容做出再清晰不過的宣告：

　「我是未來人，我可以告訴你未來會發生什麼事。」

　沒錯，想讓他相信，只要告訴他未來會發生什麼事就行了！即便是二十年前的事，Francis還是對自己過人的記憶力很有自信，尤其他又是個對過去的事物抱持好奇心的人，甚至還輔修了歷史系，所以說……今年會發生些什麼事，他全都記得。

　Ray心中半信半疑，但還是順水推舟地問下去。

　「那你現在要告訴我什麼？」

　對方露出了狡詐的笑容。

　「我要讓你知道的第一個未來是……十天之後，誰會當選新任總統。」

　這句話讓Ray開始覺得事情變有趣了。

5

「你很確定？」

「非常確定，保證不會錯，Rasbell 會贏下選舉，得票比是五十比二十。」

「好啊，我們就等著驗證你多會胡說八道。」

沒錯，十天前的 Ray 是這樣對 Francis 說的。即便相當肯定父親好友的為人，但說到選總統，根據之前的民調結果，他的支持度總是屈居第二，不可能選得上，然而在選舉結果公布的這天……

「新總統出爐了，Rasbell 先生獲得壓倒性的勝利，本週一就會宣示就職……」

「回家。」

「是？」

「回家了，Yuji，我有話要跟 Francis 談！」

坐在辦公室裡的 Ray 一整天都坐立難安，即便壓根不相信所謂的未來人，但 Francis 那信心滿滿、絲毫沒撒謊

的眼神，令他相當在意，而對方成功預言了未來，使得身世的可信度大幅提升，讓他開始動搖了。

可能只是巧合，隨便猜猜，剛好被他矇中。

Ray努力做出合理的解釋，但比起猜中了誰會當選，更令人在意的是，連得票比都一分不差。

全都被那孩子說中了，使他不得不陷入沉思。

於是，儘管一整個星期都忙到不可開交，甚至連原本預定要帶未來人出門走走的計畫都沒能履行的Ray，當機立斷拋下手邊所有工作決定回家。

一踏進家門，只見Francis正以一副勝利者之姿坐在客廳裡，雙手環抱在胸前，臉上掛著得意的燦笑，在見他進門的那秒，立刻站起身。

「你看吧，我就說我知道。」

嬌小的少年還來不及炫耀下去，就被Ray一把抓住了手腕，迅速拖進臥室，此時的Ray渾身散發陰沉氣息，心想這件事或許不再是能一笑置之的兒戲了。

「喂！你幹嘛拉我啦！很痛耶！你看我的手都被你掐出紅印了！」Francis一頭霧水，只能像被熱水燙傷般大力甩著手，但對方一路抓著他，直到進了房間才鬆開，讓他委屈巴巴地揉著自己可憐的小手腕。

「你是覺得面子掛不住才這樣吧？看到沒？我就說我都是對的，相信我來自未來了吧？快找方法讓我回去！」

被抓疼的少年開始發脾氣，他本以為，對方若不是露出不可思議的驚訝態度，就是會覺得他只是碰巧矇中，突然這樣被拖進房間，倒是完全出乎他的意料。

「Francis，我們得先談談。」見對方一副不服氣的模樣，Ray 沉下了嗓子嚴肅地說。

「談什麼啦！我都證明給你看了！」

「就是要談這件事，我不知道你說中了誰會當選總統是真的知道還是隨便猜的，但你不該再跟別人說你是未來人了，聽懂沒有？」

「欸？為什麼？」少年困惑不已，他思鄉情切，才試圖向所有人證明自己來自未來耶。他望進對方的雙眼，想明白對方為何要這麼說，Ray 只得重重地嘆了口氣。

「你不明白自己的處境是不是？好，那你告訴我，今年還會發生什麼事？」

即便一頭霧水，Francis 還是立刻據實以告，好讓對方相信自己的說詞。畢竟他無依無靠的，也只剩 Ray 這個人能幫助他，所以說服對方相信自己才是上上策。

「現在是八月嘛，大概在月中左右，南方邦會碰上颶風，全國會陷入大停電，人人都需要自來水、飲用水和庇護所，到了月底，會發生近十年最嚴重的股市崩盤，除此之外，東部在年底會發生水災……我記得很清楚，因為 2109 年發生很多大事，是非常值得研究的一年。」

「那颶風還有幾天會登陸？……我現在不得不相信了是不是？」

「什麼啦！你還不信喔？我都說對了！」見男人無奈地在床尾坐下，Francis 只能氣憤地回應，他還想為說中選舉結果的自己繼續爭辯，卻先被 Ray 抬起手阻止了。

「好，那要是到了月中真的像你所說的那樣，我們再來討論你的事該怎麼辦。」

「你現在就該做了！」

他覺得自己這十天又被白白困在過去了。無聊到不行，哪都不能去，還得安分守己地當乖寶寶，而說要帶他去外頭走走的某人也只顧著忙工作。老實說，他已經開始考慮要找東西把 Jool 敲昏，再抓他的手去做指紋感應了。

「所以我才說，你根本不明白自己的處境！」Ray 突然提高了音量，銳利的眼神投向那雙湛藍的雙眸，嚴厲無比地說，但對方依舊感到納悶。

「這可是現實世界，不是你沉迷的那些小說。人們要是知道你來自未來，你覺得會發生什麼事？好，一般人可能會覺得難以置信，覺得很神奇、很震驚，但你從生意人的角度想想，要是知道不久後股市會崩盤，你會怎麼做？」

「在股價下跌前先趕快拋售……不然就是……」少年這才有所意識，微微張開了嘴。

「沒錯，能夠預知未來，就像有人替你鋪好了路，要是這個月真的有颶風來襲，你覺得那些大商人不會事先囤貨，再趁機哄抬價格嗎？或者是把快過期的商品都先囤起來，到時候再捐出來做公益，替自己建立良好的形象？那可是踩著受苦受難的人牟利啊。」Ray 有條有理的論述讓一心只想回家的人聽得發愣。

「那你叫我別說是……」少年才開口想追問，就從對方的眼神感受到，自己再這麼做的後果會有多可怕。

「因為那些人會想盡辦法把你帶走，用盡各種手段，逼你說出你所知道的一切！」

少年這才明白自己危在旦夕，倏地退縮到房間一隅，向告誡自己的對方投以戒備的眼神。從沒有過這種想法的人，怎麼可能想得到那一步呢？這要他怎麼相信眼前這個人不會把他抓去拷問？他不也是個商人嗎？

見 Francis 總算開始明白自己的處境，男人只得嘆口氣。他沒有靠近對方，只是開口平靜地說：

「我沒打算那麼做，你放心。光是手上這些事，就已經夠我忙得一個頭兩個大了，而且你告訴我的事，我也沒跟別人提過。」

「我要怎麼相信你？」

「真要那麼做的話，我就直接做了，才不會浪費時間跟你解釋你的處境。」Ray 態度斷然地說。

少年聽了緊緊抿起了嘴，決定移動到對方身旁坐好。

打從他們相識的這二十天來，他已清楚 Ray 是個好人，雖說是為了負起肇事責任，但畢竟 Ray 還是收留了無家可歸的自己，花時間聽他說了一堆有的沒的，現在還特意讓他明白自己的處境。

「對不起……我……我不知道該怎麼辦才好。」

看著對方陷入絕望的模樣，Ray 淡淡地嘆了口氣，伸出大手，將對方的放在腿上的手握住。

「要是你說的事在接下來這個月得到驗證，我會想辦法幫你的。」

「所以你還不相信我啊？」Francis 的臉立刻皺成一團，但看著自己被握住的手，還是不免感到溫暖。

「我的個性很謹慎，做任何事之前都得先有把握才行。」男人說著便鬆開了握住對方的手，讓被放開的少年不禁感到有些可惜。

「Ray。」

「嗯？」

「改變過去是不被允許的，對吧？」

沒來由地，Francis 突然拋出這個問題，漂亮的臉龐蒙上一層猶豫，湛藍色的雙眼也流露出一絲悲傷，令對方好奇起來。

「你想改變什麼？」

「我爸……算了，沒事啦。我可以保證不會改變任何事，只求你讓我回家。」Francis 終究沒有吐露自己的真心話，別過臉去故作開朗，但對方還是聽出了異樣。

「好啦，去吃飯吧，你的員工現在大概已經在你背後八卦了，說你把我拖進來是要霸王硬上弓……」

但 Francis 還來不及步出房間，就被扣住了手腕。Ray 抬起銳利的雙眼，直視著起身的人，大手先是用力抓住對方，才緩緩放開。

「我會聽你說的，你明白吧？」

Ray 也不知道自己為何要這麼做，但在那雙天藍色眼眸底下一閃而逝的東西，令他相當在意。那是一抹悵然若失、渴求且寄望的眼神，是五年前的他曾經有過的眼神……那一天對他而言，彷彿是整片天空在他眼前轟然崩塌的日子。

聽了他這句話，對方只是瞪大了眼睛，接著打趣地調侃。「你先做到六點前回家，再說要聽我說吧？這二十天來，我見到你的天數還不到六天呢。」

面對這句大實話，Ray 無以辯駁，但看見對方又恢復了活力，他也忍不住露出微笑。

Francis 好看的笑臉，開始在他心中有了份量。

Timeless

　　在那之後又過了幾天，原本被氣象預測判定為輕度颶風的風暴登陸在這個國家，挾走了大量人們的居所、資產和性命。出於明明知情，卻無法事先告知的罪惡感，Ray也竭盡所能投入災後援助。

　　他已經發過誓，若Francis所言是真，他也不會以任何行動改變未來。

　　在各式各樣的紛擾終於平息後的某天，Ray決定帶未來人（他不得不這麼相信）外出走走，這個天大的好消息讓Francis興奮得手舞足蹈，幾乎差點睡不著覺。

　　來體會一下被關上好一陣子的感覺呀，不無聊死才怪呢。

　　「Ray！Ray！Ray！吃那個！我要吃那個！」此時的Francis拉著Ray的手腕走進一間甜點店，但被拉的男子臉上寫滿了不自在。

　　「你進去吧，我在這裡等。」Ray看了看趴在玻璃櫥窗前的小孩子們，再看看因為直接從公司出來而一身正裝的自己，怎麼看都跟這間店格格不入。穿著一身舊衣的少年於是回頭看了他一眼（怎麼Jool給什麼就穿什麼？真不像話），將他從頭到腳打量了一番。

　　「沒人跟你說過，出來玩不該穿這樣嗎？」

「我不是帶你出來玩的,你不是說要出來找回家方法嗎?」

面對 Ray 冷冰冰的回應,Francis 只是皺了皺臉。他左右張望了一下,才拉起對方的大手往購物中心的洗手間走去。

「你要做什麼!」

「你安靜點啦。」

見 Francis 用力把他推進沒人的廁所,接著把自己塞進來,將門關好後鎖上,Ray 惡狠狠地吼。

「好擠喔。」

「是啊,那你進來幹嘛?」Ray 沒好氣地問,這麼小間的廁所,一個人進來就已經嫌窄了,Francis 還硬要跟進來。然而粉紅色頭髮的少年絲毫不害臊,反而抬頭揚起了笑容,眼中滿是⋯⋯玩興。

「幫你換個造型。」

Francis 此話一出,Ray 便傻住了,對方開始把西裝從他身上剝下來,伸出雙手試圖替他解下領帶,甚至還逼他把手從穿得好好的西裝背心裡抽出來,礙於這過近的距離,他決定先順著對方的意思,才能趕緊出去。

所以才說這孩子一點都不注意自身安全,哪天被強要了,也是他自己的問題。

Ray 暗自嘆了口氣,望向在自己胸前竄動的那顆粉

頭,對方把脫下來的衣服都掛在手臂上,並將軟綿綿的小手放上他的襯衫,替他解起釦子,接著抬起頭,湛藍色的雙眼微微瞇起。

「剛剛太正式了⋯⋯這樣比較好。」

「Francis!」下一秒,對方居然伸出手,開始在他頭上大力亂揉,Ray 銳利的雙眼立刻燃起怒火。狹小空間裡的溫度不斷飆升,讓他渾身直冒熱汗,煩躁得出聲喝斥,但對方還是不肯停手。

「就跟你說夠了!」

男子大力掐住那雙手,架到對方的頭頂上,制止對方的動作。犀利的雙眼冒著熊熊怒火,極為不悅地低下頭去,瞪著對方漂亮的眼睛,讓原本正笑得開心的人,幾乎要把自己的笑聲給倒吞回肚子裡。

太嚇人了,太帥了,還有⋯⋯太近了⋯⋯又來了。

那張輪廓立體的面龐,與他近在咫尺,深邃的雙眼惡狠狠地瞪著他,原本梳理整齊的黑髮,在被他撥亂之後顯得放蕩不羈,反而讓眼前這位男人更加迷人,原來就十分令人敬畏的他,現在頂著一頭亂髮,更添幾分危險的氣息,讓少年的小心臟不由得一緊。

見原本笑紅了臉的對方收起笑容,Ray 也傻住了,對方因緊張而瞪大的藍眼、因吃驚而微張的嘴唇,還有那越漲越紅的雙頰,都讓他難以別開視線,而且他們現在實在

是貼得……太近了。

方才阻止對方時用力過猛，此時兩人的身體幾乎是緊貼在一塊兒，他的雙腿抵著對方貼身牛仔褲底下的細腿，彼此的體溫隔著布料相互傳遞著，誰都沒有開口說話。

「……」Ray 沉默著。

「……」Francis 也一句話都說不出口。

兩人的視線彼此交會，像中了魔咒般無法轉移，Ray 開始緩緩向那對紅潤的軟唇靠近，而對方也彷彿失去了喊停的理智。

「Ra……Ray……」少年出了聲，聽在被呼喚的對方耳裡不像是制止，反而更像是索求。深邃的面龐按得更低，溫熱的氣息吐在對方臉上，與此同時，Francis 也慢慢閉上了眼睛。

不知道自己怎麼會願意，但對方是 Ray 的話，應該沒關係……

「喂，你在偷看哪個妹，我都看到囉，喜歡就追啊。」

「才沒有啦！別亂講話，我哪有啊！」

「那你是在臉紅氣喘什麼？」

「閉嘴尿尿啦！」

洗手間的大門突然被打開，讓躲在隔間裡的兩人瞬間靜止，外頭傳來兩位青少年的談笑鬥嘴，將方才的曖昧氛圍掃得一乾二淨，恢復理智的 Ray 及時煞住了前傾的身

子，鼻尖擦過對方白皙的臉龐，一抬起頭，就對上那雙跟自己同樣錯愕的藍眼睛。

「剛剛⋯⋯」他自齒間輕聲擠出這幾個字，而 Francis 則是雙眼圓睜。

「嘿！！！」

嚇！他剛剛居然願意乖乖讓 Ray 親他！

他這聲「嘿」，嚇到的可不只是眼前這位被他大吼的人，連同在外面上廁所的兩人都嚇了一跳，不約而同地回頭看向緊閉著門的隔間。

「裡面的人，你還好嗎？」

其中一位少年出聲，卻讓 Francis 當場理智線斷，即便 Ray 拚命用視線示意他等外頭的兩人離開再說，但他根本顧不了這麼多，一把甩開男人的手，迅速轉身打開隔間的門鎖，然後奪門而出。

「⋯⋯欸，你看到的跟我一樣嗎？」

「你是說兩個男的擠在一間廁所？嗯，我有看到。」

見隔間裡衝出了一名粉色頭髮的少年，神色驚慌，面色潮紅，手上還掛著西裝外套，後面還站著一位高大的男人，身上襯衫的釦子一路開到了最後一顆，臉上大汗淋漓，連頭髮都亂糟糟的，外頭的兩人震驚地向彼此確認。

這是⋯⋯剛剛才⋯⋯完事是不是？

「對啦！在辦事啦！人家正忙著呢！你們什麼時候才

要滾出去！都不能專心了！」Francis 非但不多加解釋，反而雙手抱胸，對隔間外的兩人激動大叫。其中一位男生伸出手，戳了戳身旁友人。

「欸，快走啦！我屁股都發麻了。」

「死小孩！！」Francis 依然在後頭朝他們大叫著，而 Ray 則是狂揉自己的太陽穴，他沒想到這孩子的臉皮居然厚到這個地步，他們的確是差點就要發生些什麼了，但他明明什麼都還沒做啊。

在那之後，好不容易平靜下來的少年才回過頭，對他投以燦爛的笑容。

「就當作是你想親我的懲罰，都被當成同志也不是什麼壞事嘛。」拋下這句話後，Francis 就火速離開了洗手間，努力克制不要抬起手去摸自己發燙的臉頰。

剛剛！剛剛就差點都做了些什麼啊！

Francis 六神無主地質問著自己，一邊想著盡可能地逃得離對方越遠越好，一邊快步前進。當下的他居然有了這樣的想法，覺得要是 Ray 親他的話，他是能接受的。他可是個百分之百的男子漢，怎麼可以有這種想法！

我不是同志，才不是，之前明明還跟女生交往過的！怎麼會穿越來了過去就對男人產生感覺？沒有這種事！絕對不可能！我才不信！

他一邊拚命說服自己，一邊走得越來越遠，但腦袋

裡卻充斥著那雙注視著自己的深邃眼眸，他沒那麼不經世事，可以假裝不知道那眼神火熱得能灼人，他敢用所有的身家擔保，那個一臉凶神惡煞的傢伙，在床上絕對也是激烈得很。

嚇！在想什麼啊？Francis？你在想什麼東西啊！！！

一意識到自己腦子裡都裝了些什麼念頭，少年嚇得兩腿一軟，蹲在地上，崩潰地用雙手猛扯自己的頭髮，他才不管路過的人怎麼看呢，現在只在乎一件事……他居然對男人感興趣了嗎？

騙人！！！

「Francis！你是在發什麼神經？我都叫你了，你還跑什麼跑？」

「啊？！」肩膀被抓住的少年一回頭，只見高大的男人跑得氣喘吁吁，滿頭大汗。他甚至不知道自己跑了多遠，這才轉頭張望四周，發現自己不知不覺從購物中心跑出來了。

時間回到剛才，Ray在鎮定下來之後便離開了洗手間，發現對方早已跑得不見蹤影，內心湧上一股不安，趕緊邁開大長腿四處找人，甚至考慮打電話叫人來幫忙，還好那顆粉紅頭足夠顯眼，及時跳入他的視線內。

一看見快步往外衝的Francis，他就趕緊大步跟上，擔心地開口叫喚對方。

Francis 一定是被自己方才的舉動激怒了，畢竟他曾說過，除非對方情願，否則不會做那樣的事，即便是氣氛使然下，對方好像也沒反抗，但他剛剛……還是不該過於忘我。

　　「剛剛的事很抱歉，我不是故意的。但你別再這樣了！」男人嚴肅地說。Francis 突然不見把他搞得心神不寧，緊張得都快發瘋了。見到他的神情，對方也露出了自責的態度。

　　「我也該道歉，但還是你不對喔！」雖然是道歉了，Francis 還是不忘指責對方，Ray 只能沉下嗓子。

　　「所以我不是道歉了嗎？唉。」

　　見對方滿臉都是汗水，Francis 的罪惡感更深了，他一定找自己找得很辛苦吧。但伴隨著罪惡感的……是一股安心。

　　「你真的擔心我啊？」

　　「不擔心還這樣到處找你？」

　　若這句話是從 Jool 的嘴巴裡說出來，Francis 大概會覺得對方在罵自己傻而氣到跳腳吧。粉色頭髮的少年低下頭，發現對方的衣服還在自己手上，只好拉起對方西裝外套的一角，開口說：

　　「對不起，Fran 跟你道歉，我們和好嘛。」

　　Francis 抓著西裝外套的袖子，輕柔地替眼前的男人擦

起汗,不自覺地使用了在家裡常用的自稱,並向對方投以小狗般的撒嬌眼神。這招對伯父最管用了,所以對這男人一定也會有效果才對。

見他這樣撒嬌,Ray 只是愣在原地,任由對方輕手輕腳地替他擦汗,過了好一會兒才嘆口氣。

「你實在是很邪惡⋯⋯完全知道該怎麼擺平別人。」

「所以你不生氣了?」

Ray 沒有回話,取而代之的是重重的嘆息,將對方替他擦汗的手拉開。

「多虧你染了這顆粉紅頭,不然我大概找不到你。」一向為自己的髮色感到自豪的人聞言,臉上堆起了心滿意足的笑容。叔伯兩人總是抱怨他的髮色怪異,今天總算碰到有人肯定,讓他都想叫對方帶他去美容院再修一修了。

「是不是很出眾又吸睛呀?」Francis 得意地問。

「不是,」但對方的反應極其平淡,盯著他的頭髮。「是怪。」

「嘿!Ray!這顏色很漂亮好嗎!這是時尚耶時尚!懂不懂?哦,對啦,像你這種人,天天都穿得一模一樣,怎麼可能懂。」

見 Ray 已轉身往購物中心走,Francis 趕緊跑步跟上,嘴上一邊想替自己的髮色討回公道,卻只得到這般回應——

「怪就是怪。」

「喂！我要生氣了喔！」少年氣得不斷繞著對方打轉，路過的人紛紛轉頭看向他們，但 Francis 才不管呢，他現在唯一介意的事，就是對方那微微上揚，像是在鄙夷他的嘴角。

即便今天這趟外出沒有替重返未來取得任何進展，但兩人也不認為是白費時間，畢竟兩人之間⋯⋯好像一點一滴地靠近了。

6

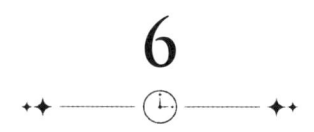

「Ray！Ray！Ray！喂——」

「你怎麼回事？在叫什麼啊？Francis？」

他們接連造訪了幾個Francis記憶中的地點，卻發現沒有一處與他的記憶相符。在回家的車程上，粉紅色頭髮的少年氣餒地貼著車窗，看著這座尚未如自己家鄉那樣繁華的城市，只能一個勁兒地喊著Ray，坐在駕駛座的人不耐煩地瞪了他一眼。

「這裡是第四街區嗎？」

「對啊。」

「就是這條路了，你一路開到底，在跟第三街區交界的十字路口那裡有間書店，可以去看看。」

「書店？」Ray困惑地喃喃，但見對方充滿希望的樣子，也不想掃興。他微微皺著眉頭，朝對方所指的方向駛去，依照Francis的指示打燈轉彎。

車子都還沒停妥，粉色頭髮的少年就迅速跳下車，逕

自往不遠處的十字路口奔去。

他記得自己最愛的那間書店位在第三街區和第四街區的交界處，那是間古老的書店，即便被一座座高聳入雲的大廈和充滿科技感的全像投影包圍，那間書店還是堅守著最純樸的風情，盡其所能地保存書籍最原始的面貌。

Francis 記得很清楚，第一次是叔叔帶他去的，也是叔叔告訴他，那間書店裡有來自世界各地的罕見書籍。搞不好，他還能在那兒遇見縮在店裡某個角落的叔叔呢。

他滿懷著希望，往記憶中的方向狂奔，卻只能傻在當場……

【吉屋出售　意者請洽 XXX-XXXX-XXXX】

「Francis，這裡沒有書店。」

「要有！它就該在這裡的啊！」聽見身後傳來對方的聲音，Francis 猛地回過頭，手指著鮮有人居的街區大聲反駁。二十年後，這座城市的書店將所剩無幾，所以那棟散發著迷人魔力的老舊屋子深深烙印在他心裡，有著一位身形圓潤、個性和善的老闆娘，以及洋溢在店裡每個角落的書香。他能在那間書店待上好幾個小時，但現在……卻還不存在。

他記憶中的場景，此時尚未成形。

Francis 一邊想著，一邊低下頭，下垂的雙肩開始微微抽動起來。他們去了好多地方，卻發現自己對這座城市全

然陌生，這個事實深深地衝擊了他。這裡沒有人認識他，沒有他的歸宿，他在這裡……一無所有。

他甚至也不該出現在這裡！

「Francis……」

這一回，對方落在肩膀上的撫觸無法再帶給他之前那樣的溫暖。他猛地扭開自己的肩膀，顫抖地說：「你不懂啦，你永遠不可能理解我現在的感受，這裡誰都不認識我，也沒有我知道的地方，就連能讓我回去的家都沒有……我……我……嗚……」

「你的感受，或許不會有人能明白，但你永遠都有地方可以回去。」

哪裡啊？這裡到底是哪裡？不論是這座城市，還是這個世界，沒有一處是他的歸屬。

這是他聽過最爛的安慰，但孤苦無依的他還是將臉埋向對方的胸膛，明明只想甩開對方逃走，想責怪 Ray 當初怎麼不乾脆直接開車把他撞死算了，這樣他或許能像小說劇情那樣直接返回未來世界，卻又無法抗拒眼前這個硬實又溫暖的懷抱。

「我以後該怎麼辦才好？要是我回不去該怎麼辦才好？」

聽對方這麼問，Ray 只能輕柔地撫摸著少年的髮絲，感受到對方的身子在發顫，卻不見對方掉淚，看著努力保

持堅強的少年，他開口說：「你忘了嗎？我說過，在知道你是誰之前，我會一直照顧你的。」

「那你打算怎麼做？你再怎麼找，我都不存在！不管是在這個國家，還是在這個世界都一樣，我現在是不存在的人！！」低沉的嗓音才剛落下，Francis 就一把推開對方，湛藍色的雙眼聚積著滿滿的淚水，但不肯讓淚水溢出，而是抬起頭，氣憤地瞪著對方。

Ray 不可能找出他的身分的。

「要是我找不到辦法回不去，難道你要一直照顧我這個身分不明的人嗎？」Francis 絲毫不在乎旁人投來的目光，朝著對方大聲怒斥，藉此宣洩積累在心頭的鬱悶，卻只換來對方的一抹微笑。

那笑容掛在深邃的面龐上，好看得令人目不轉睛，而對方接著說出口的話，更是令 Francis 的心跳瞬間亂了調。

「如果我說是呢？」

「Ray！這一點都不好笑！」

「我沒說是在說笑啊。我都給出承諾了，養個小朋友應該花不了多少錢吧。」

在這氣氛緊繃的時刻，平時總是沒什麼情緒的人反而擺出這種嬉皮笑臉的態度，讓 Francis 既生氣又煩躁，只想問對方是不是有病，但最後他只是垂下了頭。

「我⋯⋯」Francis 什麼都說不出口，此時的他滿腦子

都在煩惱自己該何去何從，不論哪一條路，看上去都黯淡無光。

然而，一隻手朝他面前伸了過來，在他抬起頭迎向對方的瞬間，卻彷彿看見了光明。

「回家吧，Francis。」

不知為何，他不帶一絲懷疑地將自己的手交到那隻手上，從雙唇之間吐出短短的一聲回應。

「嗯。」

渾身無力的他順應著對方牽引的力道邁開腳步，回頭看向老舊的連棟樓房，終於落下了一滴淚，只得伸手將之抹去。

從今以後，他該怎麼辦呢？

與此同時，Ray 望向車水馬龍的街道，事發當天的景象再度自那雙深邃的眼底閃過，Francis 或許還不知道，這裡就是他初次見到 Francis 的地方。他差點開車撞死了自己正牽在手裡的人之處，正是這個十字路口。

這會不會是能讓 Francis 回家的線索呢？

⏳

回到家以後，那個總是嚷嚷著要到外頭去的人，已經在窗前坐了好幾個小時，用令人窒息的沉默望著窗外的景

色,令 Jool 和 Yuji 都感到無比奇怪⋯⋯才出去玩了一天就電量耗盡了嗎?

「Fran 先生?該吃飯了喔。」

見 Francis 依然抱著膝蓋,坐在大片落地窗前,Jool 擔心地走上前探問。這座窗台原本是設計用來放鬆心情的,卻被他渲染得充滿了悲傷的氛圍。

「你不吃飯的話,我會跟老闆告狀喔。」

「嗯。」

都搬出老闆來威脅了,他還是不痛不癢。

「你如果不乖一點,老闆就不會再帶你出去了喔。」

見普通的威脅沒用,Jool 轉而使出一向相當有效的利誘,乍看是有了效果,Francis 總算抬起頭來,然而卻接著這麼說:

「那就不用了,出門也不能得到什麼。」說完,他又把臉埋回自己的膝蓋,蜷縮著身子顯得十分可憐,令綠色眼眸的男子不禁張大了眼睛,沒想到這個令人頭疼的麻煩精會有這麼意志消沉的模樣。

Francis 這個狀態,守在外頭的 Yuji 也都看在眼裡。見自家戀人一臉震驚,感覺很替少年擔心的樣子,於是走向兩人。

「出門時發生了什麼事嗎? Francis 先生?」

單薄的身軀倏地瑟縮了一下,卻還是不肯開口,只

是一個勁兒地埋著頭。能幹的祕書見狀，只能繼續追問：「你跟我老闆之間出了什麼問題嗎？」

Francis 依舊是沉默不語，Yuji 轉而用嚴肅的語氣說：

「老闆或許是個難懂的人，但你也跟他住一陣子了，應該感受得到他其實很善良，如果他說了什麼，讓你有了不好的感受，也只是他說話的方式比較直接罷了。」即便是打從一開始就不贊同讓這孩子住進來的 Yuji，還是開口安慰了少年，畢竟 Francis 好像多少為他老闆帶來了些改變，而且是往好的方向改變。

老闆開始展現更多情緒了，每每談及 Francis，Ray 都明顯被逗得很開心。

「跟 Ray 沒關係。」那團人球嘟噥著。

「那是跟什麼有關？」

Yuji 一追問，Francis 又安靜了下來，不肯回答任何問題，原本精力旺盛、無所畏懼的少年，現在卻像一個電量耗盡的跳舞娃娃，看得站在一旁的兩人只能面面相覷，最後只好轉過身去，先行從這個空間離開。

此時的 Francis 依然無法排解積攢於內心的一切鬱悶，他感覺好混亂，這間屋子或許是他能回來的地方，卻不是他的家。他的家住著瘋瘋癲癲的伯父和腦子秀逗的叔叔，充斥著九成以上會失敗的實驗品，會有人天天唸他又把髮色染得很奇怪。

這裡不是他的家。他想回家。

這裡沒有人認識他，一個都沒有。

但這裡有 Ray。

腦中彷彿有道聲音發出這樣的低語，Francis 不由得將自己的身子抱得更緊，雙唇也不自覺地緊抿起來。他回想起 Ray 向自己伸出手，要他一起回家的瞬間……在那個當下，他是感到被救贖的，但在事過之後，他才意識到了一點。

Ray 跟我活在不同的時代，我們根本不該相遇。

他要盡早回家，越快越好，不該逗留在這兒，也不該在這陌生的世界和誰產生連結。

感受到溫熱的手掌落上肩頭，令 Francis 猛地渾身一震，他抬頭一瞧，映入眼簾的是自己正心心念念著的對象……Ray。

「你怎麼了？他們兩個很擔心你。」而 Ray 口中的兩人此時正站在門口沒有進來，Francis 抬起眼睛，望向那雙流露著關切的深邃眼眸。

「我……我沒事。」

他如此否認，對方聽了只能搖搖頭，然後在他身旁坐下，看著嘴上說沒事的少年，就連 Yuji 這個跟他最不親近的人，都能一眼看出他絕對不是沒事。

「老闆，你是不是帶 Fran 先生去吃了什麼不對勁的東

西?他一定是過敏了,怎麼變得那麼安靜?還以為他會吵著要你再帶他出去一次呢。」

「我是不太喜歡他成天大聲嚷嚷,但比起這個烏雲籠罩的模樣,我還是比較喜歡平時的他。」

兩位親信甚至直接進入臥室向他報告這件事,態度還顯得十萬火急,像是要他趕緊出來看看 Francis 似的。他原本還想給這孩子一點時間獨處,畢竟少年有太多不得不面對的事要思考,但等到他親眼見到了對方的狀況,才發現⋯⋯這孩子病得不輕。

Francis 只有在兩種情況下會安靜,一是睡著了,二是看書的時候。但他現在已經沉默不語地在原地坐了好幾個鐘頭,動也沒動一下。

「你是不是還想著,你不該來這裡的?」

「⋯⋯」對方以沉默代替肯定的回答,Ray 向他挪近了些,讓低頭盯著自己腳趾的少年抬起臉來。

「你不是相信奇蹟嗎?」

「若這就是個奇蹟,讓你能回到過去的世界,認識這個全新的環境呢?你想想,誰還能有這種機會?能穿越到過去,看見從未見過的事物,有些東西在你的時代可能只在博物館看得到,但你現在能親眼見識;你也可以認識些不一樣的人。再怎麼說,你都遇見了我⋯⋯還有那兩個人。」

Francis 專注地聆聽著。對方伸出手，輕輕揉捏著他的手，臉上掛著微笑。
　　「能認識你，我很開心。」
　　不知為何，這句話讓 Francis 感到很美好，讓他想為眼前這人的話語落淚。
　　咚。
　　Ray 一愣，沒想到眼前的少年會一把勾住他的脖子，嬌小的身軀向他貼近，接著，耳邊便傳來了一陣啜泣聲，淚水落在肩上，滲入了襯衫，這個總愛無理取鬧的小鬼，又化身成愛哭鬼了。
　　「Ray……嗚……哇……Ray……Ray……」
　　Francis 不知道自己哪來這麼多淚水，但在走投無路之時，是這個男人走進他的生命，時時刻刻都照看著他。而在他正迷惘徬徨自己為什麼會出現在這裡，究竟是為何而來的此刻，也是這個男人給了他解答。
　　或許不是什麼冠冕堂皇的理由，但對於深陷黑暗的他而言，已是他能得到最好的答案了。
　　至少，這趟時空穿越，讓他遇見了這個男人……無時無刻不給予自己幫助的男人。
　　與此同時，男子也收攏了擁抱，將哭著埋向自己的嬌小少年摟得更緊。他知道 Francis 正在經歷一段艱難的時期，因此他想成為這孩子最可靠的盔甲。

「我也⋯⋯很開心⋯⋯可以⋯⋯遇見你⋯⋯嗚嗚嗚⋯⋯」啜泣聲不絕於耳，小小的身軀也因哭泣而不停抽動著，Ray將懷裡的人抱得更緊，雙眼投向外頭的天空，在內心自問：Francis出現在我的車子前，對我有什麼特別意義嗎？

「嗯，我知道了，乖孩子，別哭了。」

不聽勸的人靠在他肩上猛搖頭，明擺著就是要盡情大哭，但Ray並不感到厭煩，能夠守護著誰，讓他感覺生命再次有了目標。他有多久沒這樣擁抱著誰了呢？

或許從失去家人的那一刻起，就再也沒有過了。

Francis或許是上天賜下來，為了替我的生命增添色彩的禮物。

腦中浮現的這個想法，讓Ray又將雙臂圈得更嚴密，對方幾乎就要被吞沒在他的胸膛了。剎那間，一個念頭油然而生⋯⋯

我不想讓你回去。

⌛

我剛剛發生什麼事了？被鬼附身？淚腺崩壞？還是被雷劈到？！

在盡情哭了個夠以後，Francis頂著紅腫不已的雙眼

坐在餐廳默默吃著飯，卻看也不敢看主位的人一眼。動腦想想就能明白，那個 Francis 居然會主動撲進人家懷裡，還哭得跟三歲小孩一樣，滿口 Ray、Ray、Ray 地喊了半小時，怎麼想都不能接受，完全接受不了！

我可是大名鼎鼎的 Francis 耶，竟然會抱男人抱得死緊，甚至感到不可思議地美好？怎麼可能？

粉髮少年偷偷往主位瞥了眼，見對方一派泰然自若，彷彿什麼都沒發生，更讓他為自己彆扭怪異的行徑而懊惱，總覺得每一口飯都食之無味，注意力全都忙著在意旁人的視線，並時不時偷看那個面無表情的人。

「Francis，你在看什麼？」

「沒……沒有啊，我沒在看，誰……誰在看啊？沒有！」少年頓時背脊發涼，嚇得猛搖頭，慌忙低下頭盯著自己的食物。被盯著看的人已經意識到好一會兒了，但對方好不容易恢復正常，他也不想太逼人。

原本是因消沉而沉默，現在又羞赧得一語不發，他也不知道該怎麼辦了。

但他親信的下屬可就不像他這麼好心了。

「老闆，他絕對是不好意思啦，哭得抽抽搭搭的，還一直喊著你的名字，整個家到處都聽見了呢。」

「我沒有！！！誰喊他了！才沒有咧！」Francis 抬起頭大聲反駁，看向自己的死對頭，見對方笑得一臉戲謔，

雙頰不自覺地越來越紅。而這副害羞的模樣，更是讓對方玩心大發，轉身靠向身旁的戀人。

「Yuji、Yuji……嗚……Yuji……」Jool 把臉埋到男友的背上，模仿少年啜泣的模樣，看得 Ray 忍不住微微搖頭，被嘲弄的人則是氣得張口結舌。

「我才沒那麼娘炮呢！」Francis 拍桌起身，瞪著演技和八點檔一樣浮誇的對手。

沒錯，這太扯了，我剛剛才沒有這樣吧？不可能！

然而，Jool 沒有回話，只是雙手環上了 Yuji 的脖子，一般抖動著身子，一邊顫抖地更加哭喊。

「Yuji……嗚……Yuji，抱……抱緊我……好不好……」

「我沒那樣講！」粉髮少年氣得用手指著眼前這對情侶反駁，而 Yuji 非但沒有阻止自家戀人，還伸手摟住對方厚重西裝下的纖腰，另一手撫摸起對方柔軟的頭髮。

「沒事的，乖孩子，不用哭了。」

聽到自己的台詞被下屬拿來取笑作樂，做老闆的一口食物噎在喉嚨，差點來不及轉頭給那兩人一點眼色。但再怎麼失態都比不上 Francis，少年此時已經面紅耳赤，徹底化身成了一顆粉紅頭的番茄。

「我都說沒有了！你們太誇張了！」要是能在地上打滾，Francis 大概早就這麼做了。

「給我停！我剛剛只是稍微哭了一下！才沒有這樣！」

他已經拍桌拍到不知還能怎麼表達自己的憤怒了,對方還是不肯住手,甚至轉頭提醒他。

「你剛剛可是哭得比這更嚴重喔。」說完,Jool 又把頭埋回去繼續假哭。

「Ray!!!你看你的手下啦!!!」Francis 已經無話可說,只能轉頭向最有話語權的人求救。然而面對這樣的嘲弄,對方好像已經調適完畢,不但臉上維持著淡淡的微笑,還對他說:「你的確是這樣哭的。」

「!!!」連原以為會站在自己這邊的人都說出這種話,Francis 的下巴都要掉了。他看了看拿自己作樂的兩人,再回頭看看 Ray,被這個事實無情地刺進心坎,讓他不可置信地瞪大雙眼。

他有做這種事?真的是這樣?哭得跟小朋友一樣?認真?

「騙人!亂講亂講亂講!!!我才沒表現得那麼弱咧!!!」少年還是無法接受事實,甚至打死不願承認,自從穿越到這個時代之後,已經好幾回都像爸媽不給他買玩具的三歲小孩般哭天搶地了。

此時,一旁的男人終於忍不住皺了皺眉頭。

「好了,你們兩個,我不想再虐待自己的耳朵。」做老闆的總算轉過頭要求兩名下屬分開,接著再回頭對氣噗噗的少年投以同樣制止的眼神。又羞又惱的 Francis 一刻

都不願再待，起身把餐巾往椅子上一甩。

「我要去睡覺了！我很睏！」扔下這句話，他便踱著重步跑回房間，讓 Yuji 看了便搖搖頭。

「教養真差，怎麼可以比老闆先離開餐桌呢？」

「真的很像小朋友，他沒強調自己二十歲，還真的不會有人信呢。」Jool 好笑地說。一旁的老闆則是看著離去的人影，拿起餐巾擦了擦嘴，跟著起身往臥室走，讓綠瞳男子忍不住開口問：「老闆，你要去哪？」

「哄小孩。」

聽見這回答，被留在飯廳的兩人不約而同地笑了出來……的確是小孩呀。

⌛

「唔啊啊啊！好不爽！氣死人了！！！」

此時，臥室裡的 Francis 正用雙手狂打枕頭宣洩內心的憤恨，試圖逃避自己雙頰燙得發紅的事實。越是想到那三人聯手欺負他，他就越是氣得把枕頭當作 Ray 的臉猛捶，越揍越大力。

「都！不！挺！我！」他每說一個字就往枕頭打一下。雖說那三個人都讓他生氣，但他還是最氣 Ray 不肯站在他這邊。

小朋友氣得火冒三丈的模樣，讓開門進來的男子忍不住露出淡淡的笑容。

　　「枕頭沒做錯事，要氣就氣我吧。」

　　正捶打著枕頭發洩的雙手突然被對方一把抓住，Francis猛地回頭，對室友怒目而視。

　　「你耍我！」他提出指控。

　　Ray只是挑了挑眉，對他搖搖頭。

　　「你說我哭得像小朋友！」

　　「我只是說你哭起來真的是那個樣子，沒說你哭得像小朋友。」

　　「一樣啦！反正就是在說我像小朋友！」Francis不服輸地回嘴，用力想將手抽回來，但對方將他抓得死緊，那雙平時目光銳利的眼睛，此時顯得格外溫柔，讓他的小心臟為之動搖，開始有些抗拒與對方接近。

　　我這樣渾身發抖，絕對是生病了，要吃藥，沒錯，該吃藥了！

　　「別動啊。」

　　「不要！」不肯屈服的孩子堅決地說著，更使勁地試圖掙脫，嬌小的身子也開始左右扭動。

　　「哇！」

　　Ray還反應不及，Francis就大力一扯，然而此舉帶來的後果便是兩人重心失穩，Francis不但整個人後仰到了

床上，還連帶將跟前的高大男人拉了下來，跨坐在自己身上。

沉默於此時瞬間席捲整間臥室，兩對眼睛靜止地對視著，其中一雙眼睛驚愕得瞪得渾圓，另一雙眼睛也閃爍著吃驚的視線。

Ray率先恢復了理智，雙眼盯著對方好看的臉龐，不禁又看得出神，特別是當那臉頰羞得通紅，出賣了主人的心思，更是讓他心頭湧上一股憐愛之情。

即便對方再怎麼不受控，卻總是讓他難以移開視線。

「對不起。」先開口示好的是Ray，他知道要是不說些什麼，Francis大概還會繼續呆滯下去，但這句道歉卻讓對方感受到莫名的罪惡感。

「你又沒做錯事。」

「所以你不生氣了？」

聽Ray這麼問，對方用力抿起了嘴，賭氣地別過臉去。

「不氣你了，但還沒原諒你的手下。」

見對方表現得如此傲嬌可愛，Ray幾乎要笑出來，心裡只想好好觸碰對方，那張深邃的臉龐因而情不自禁地向下靠近。與此同時，想著對方怎麼都不說話的Francis卻抬起了頭。

「啊！」見對方正在逼近自己，粉髮少年嚇得輕呼出

聲，男子只好微微抬起頭，轉而親吻了一下對方的額頭。

「就當作是我替員工道歉吧，別生氣了，好不好？乖孩子？」

Francis只感覺心跳瘋狂加速，若不是因為那落在額前的輕柔觸感，就絕對是那不同於以往無情嘲諷的溫柔低語。湛藍色的雙眼訝異地圓睜，不可置信地望著異常溫柔的對方。

「好了，我還是去洗澡吧。」語畢，Ray毅然決然地揮別眼下的誘惑，起身離開嬌小的少年，若無其事地往浴室走去。另一人則是一動也不動地躺在床上，良久後才緩緩抬起手，輕輕地貼上自己的額頭。

「剛才……」此時的Francis只吐得出這兩個字。那張立體深邃的面龐向自己靠近的畫面仍在眼前揮之不去，溫暖的觸感依舊留在額上，而強烈的動搖……正在心頭蔓延。

小小的手倏地緊揪住自己的左胸，開始自言自語。

「跳慢一點啊……感覺快死了。」

Francis知道自己對Ray的心動……正在與日劇增。

7

　　Francis 最近不知是怎麼回事，一見到房東的臉就渾身不對勁地輕顫，好像吃錯東西過敏似的，手臂寒毛直豎，燥熱感從臉頰一路爬到脖頸，竄遍全身。他不禁認為自己絕對是染上了怪病，明明已經在這個家住上好一陣子了，怎麼好端端地突然對屋主發生興趣呢？

　　在此之前，他才不管 Ray 是怎麼樣的，只要對方相信他來自未來，並盡力幫他想辦法回家就行了。但等對方真的相信了，也真的努力幫他想回家的辦法，Francis 才發現自己對這名男子產生了難以言喻的在意。

　　不知為何，只要直視著 Ray 本人的眼睛，他總會覺得怪怪的，但看著照片，卻感覺對方⋯⋯挺惹人注意的。

　　我絕對是腦子壞了。

　　Francis 低著頭，目不轉睛地盯著玻璃相框下的照片，內心不禁感到疑惑。照片裡的人依他的推測，大概是 Ray 的家人，其中一名男子頂著如甜根子草般花白的頭髮，這

絕對是 Ray 的父親了，至於留著烏黑秀髮的貌美女性，一定是他的媽媽，而 Ray 本人嘛，在照片裡則手插著口袋，耍帥地站在中間，身旁還站著一位掛著燦爛笑容的男孩，看起來是他弟弟。

　　這孩子的照片在家裡隨處可見，從他常掛在臉上的笑容，可想見 Ray 的弟弟個性相當開朗。但若更仔細觀察，就會發現家裡沒幾張 Ray 近期的照片。

　　真奇怪，明明從照片上看起來就是和樂融融的一家人，但我都在這裡住上好一個月了，卻一個人也沒見到。難道他們沒住在一起？不對啊，家人之間不會互相拜訪嗎？甚至都沒聽誰提起過呢。

　　這個疑問在 Francis 的腦袋打轉了大半天，直到有個身影映入他湛藍的眼底──某位穿著西裝做菜的人。

　　發現目標。

　　「Jool！」

　　「是？Fran 先生？」

　　Francis 跳上中島椅，看著心平氣和地攪著鍋裡熱湯的人。對方用綠色的眼睛瞥了他一眼，簡短地應了聲，但下一秒說的話，卻讓他差點沒氣得把那鍋熱湯潑在對方臉上。

　　「你不到處尋覓老闆的照片了嗎？」

　　「誰尋覓了？！才沒有！我只是閒著到處走走看看而

已！」他的確是為了偷看屋主的照片幾乎把整層樓都給摸遍了，但誰會承認啊？見了他的反應，對方只是勾起嘴角，讓 Francis 氣得想抬起腳來踹人。

「好好好，我相信你就是了。」

哼！你不信也沒差，等我問到想要的答案，也不會繼續待在這兒讓你耍著玩的。

粉髮少年在心裡自言自語。他低頭思考了一會兒，才開口問：

「欸欸，Ray 的爸媽在哪呀？」

他注意到對方的動作明顯停頓了一下，然後一反平時愛捉弄他的德行，簡略地回應：「不在這裡。」

「那是在哪？」他繼續窮追猛打，將臉湊向迴避他問題的對方。

Jool 瞥了他一眼，保持禮貌地問：

「你知道這個要做什麼？」

「就好奇啊，你想想，我明明跟他住在同一個屋簷下，卻從沒看過 Ray 做過工作以外的事。連你們都偶爾會休假回家看爸媽了，但我在這邊住了一個月，照片裡的人一個都沒見過。他們是在國外？還是忙到沒時間來看他？」一開啟話匣子，Francis 就連珠炮似地問個沒完。

對方微微抬高了眉毛，簡短地反問：「你怎麼不自己問老闆呢？」

對方此話一出，Francis立刻別過臉去，用手托住下巴。要他怎麼說得出口呢？他現在光是跟本人對上視線都覺得彆扭，連靠近都不敢靠近，甚至天天都要趕在對方回家前睡著。

「好嘛，你就直接跟我說嘛。」

「這是老闆的私事，他不說，我也不能說。」

「Jool！」聽了對方的回應，Francis只能惱怒地喊他。

對方愣了一會兒，才又低頭繼續熬湯。

「我就想知道嘛！告訴我啦！」藍眼睛的少年依然不罷休，無論如何他都想知道。

對方微微瞇起眼睛，他太清楚Francis的性格了，要是想知道，用盡各種方法都會挖出來的，真讓他自己去問老闆，要老闆揭露過去，可能會令老闆為難。

「Jool！快告訴我啦！！！告訴我告訴我！！！拜託～～」

「為什麼你這麼想知道老闆的事？」

「就……我們住在同一間房子裡啊。」

此時Jool已經將熱湯裝進碗裡，端到他面前，但Francis的視線依舊是投向遠方，不敢和對方對到眼。身穿西裝的看護見他努力想狡辯的模樣，忍不住笑了出來。

「那我們來打個賭吧？」

「賭什麼？」Francis瞇起眼睛，雖然有些不安，但還

是多少對 Jool 的提議感到好奇。

「你不賭也沒關係，反正你不管怎麼問我老闆，他都不會告訴你的，這件事是最高機密。」

雖然 Francis 不太相信眼前的人，但「最高機密」四個字就跟伊甸園的蘋果一樣誘人，感覺⋯⋯就算會為自己帶來不好的後果，也值得為它冒險一試。

「要賭的東西很簡單，你一定做得到的。」

「那我賭，你說吧。」

身穿西裝的男子只是稍加把勁，好鬥的少年立刻就上了勾。

能挖出那個面癱男的祕密，哪怕是要他上刀山還是下火場，都不是問題。Francis 自顧自地想著，絲毫沒意識到自己究竟有多關心那個男人。

Jool 見狀便露出了大大的笑容，開口提出自己的條件：「你來做菜，要讓老闆說出好吃。」

「哼？做給那種人吃？他知道自己在吃什麼嗎？我天天看他吃菜，吃到再好吃的東西還不是擺那張臉。」Francis 一邊用手指將自己的嘴角往下拉，板著臉、皺起眉頭，十足嘲諷地模仿對方的老闆。

Jool 將雙手環抱在胸前。「所以，你是辦不到囉？」

「當然辦得到！」

少瞧不起我了，我為叔伯煮了那麼多年的飯，要讓那

個面癱男說句「好吃」，才不是什麼超出能力範圍外的事呢。

「好啊，既然你都答應我的條件了，我就告訴你。」

「啊？我還沒達成你要我做的事耶？我可能什麼都不會做給你老闆吃喔。」不想詭騙誰的老實人提醒，但對方只是咧嘴笑開。

「想坑我？你可以試試看呀。」

Jool 露出久違的狡點壞笑，嚇得出聲反駁的少年立刻安靜下來。要挑戰眼前這個男人，後果大概跟惹 Ray 生氣不相上下吧。

「還有呀，我相信你一定做得到的，就給你點獎勵吧……」Jool 淡淡嘆了口氣，臉上出現少有的哀傷，吐出了令對方倒抽一口氣的話語。

「老闆的父母，還有他的哥哥，都在一場空難中意外身亡了……」

對方甫開口不久，Francis 就感覺自己的心立刻揪成了一團。

此時的 Francis 正獨自站在廚房，胸前圍著 Jool 的圍裙，雙手忙著做 Forcel 家的家常菜，一旁的爐子上則有煎

肉在滋滋作響。一回想起綠眼男子告訴自己的話，他的思緒又不禁飄得老遠。

「老闆的家人們都已經過世了。五年前，他們搭飛機去參加老闆的畢業典禮，當年他才二十歲，正要從知名大學畢業，但這樣值得慶賀紀念的日子，卻成了他生命中最悲慘的一天。你說是老闆弟弟的那個人，其實不是他的弟弟，那就是老闆⋯⋯老闆曾經是個笑容滿面的人，但在那起事故發生之後，他就再也沒發自內心笑過了。」

這故事令他為之動容，一想到那個男人曾經一下子失去三位至親至愛，換作是他大概會崩潰吧。即便對 Ray 的遭遇無法完全感同身受，但試想，若是自己同時失去叔伯兩人，他可能會比現在更徬徨無助絕望。

他望向掛在廚房裡的一幅照片，照片中的小男孩臉上掛著燦爛的笑容⋯⋯那麼好看⋯⋯感覺是全世界最幸福的孩子，怎麼會變成現在這樣麻木無感的男人呢？

「老闆跟他哥哥很親，兩個人長得也很像，只是哥哥比較安靜，也難怪在老闆變得這麼沉默寡言之後，你會把他哥哥誤認成他。」

沒錯，那兩人長得很像，但年紀較輕的男孩臉上的笑容，讓他認為並不是 Ray。在得知真相後，Francis 也明白了，為何 Jool 要和他打這個賭。

Jool 想要自己的老闆體會到幸福感，就算只有在吃飯

時也好,於是 Francis 這天施展了渾身解數,將自己封印了一陣子的好手藝全都搬了出來。

「要是做得不好吃,可就枉費 Francis 大人的響亮名號了!」

「你在做什麼?」

嚇!

正在對自己信心喊話的人被嚇了一跳,轉頭往廚房的方向看去,只見高大的男人正站在那兒脫西裝。看著一臉困惑,不明白他為什麼晚上九點還窩在廚房的 Ray,那雙藍眼睛就不禁湧上了晶瑩的淚水。

Ray 在那個當下是什麼感受呢?如果當時自己在他身邊的話,就會上前給他一個擁抱,並把肩膀借給他的。

「你怎麼了?為什麼一看到我就露出快哭了的表情?」

Francis 倏地抖了抖肩膀,趕緊抬起手將淚意抹去,猛搖著頭辯解。「是眼睛被油噴到而已,才沒有哭呢。」

要不是 Francis 站得離爐子有好幾呎遠,Ray 還差點就要信了。猜想對方大概是想家了,或者又在胡思亂想。因此,原本打算洗完澡後再工作一下的 Ray,轉而走到中島前坐下。

「那你在做什麼?這邊的飯菜不合你胃口?」男人低頭看看那鍋白色濃湯,感覺的確香濃可口,接著轉頭望向另一頭。「那個要焦了喔。」

「哇！！！」短短一句話，嚇得原本看他看得出神的Francis大聲驚叫，趕緊回頭關心被自己留在爐子上煎的肉，匆忙地將它從爐子上拿下來，裝進大鐵盤裡，經過一番左翻右覆的檢查後，才如釋重負地鬆了口氣。

就是要微焦才香。

他再度將肉放回點著火的爐子上，才轉過身去，面對還在等待回答的對方。

「你剛剛說什麼？哦，你問我這邊的飯菜是不是不合我胃口？很合我胃口啊，我在這邊體重一定有增加。要是穿越過來的時候不小心跳到了其他地方，現在大概早就沒命了……至於你問我在做什麼，這是做給你的。」

「做給我？」Ray不解地問，見對方笑得信心滿滿，忍不住搖了搖頭。

「我已經在外面吃過了，現在只想來杯威士忌加冰。」

「喂！不行不行！我都特意幫你準備了，你就要吃啊！而且Yuji說你是去跟客戶吃飯，那樣能吃多少啊？你還是吃這個吧，是我專門為你做的喔。」

聞言，Ray感覺自己的胸口好像被什麼給戳了一下，便開口問：「你這麼擔心我？還去問Yuji？」

「沒……我才沒有擔心你，我只是剛好認識你祕書的男友而已，是Jool跟我說的，我才沒問。」

「但你還是擔心我吧？才會這個時間還窩在這兒做菜

給我。」

　　見平時總是橫著一張臉的對方，此時正微微揚著嘴角，Francis不禁一愣。

　　好啦，承認一下也不會少塊肉。

　　「對啦對啦，我擔心你，滿意了吧？所以你會吃吧？」

　　得到了令他滿意的答案後，Ray才點點頭。其實他一聞到食物的味道就有點餓了，這才意識到自己今天吃的東西除了咖啡就是咖啡，連晚餐也只吃了一點，幾乎連塊完整的肉都沒碰到。

　　「你沒下藥的話，我很樂意吃。」

　　Francis聞言差點又要咬牙切齒地發飆了，他才不會給人下藥呢，真要殺人，早就趁半夜下手了，畢竟他們睡在同個房間嘛。

　　藍眼睛的少年轉頭將食物裝盤，端到對方面前，然後開始⋯⋯死盯著對方看。

　　一定好吃的，要說好吃喔，我可是把看家本領都用上了呢。

　　準備用餐的人微微皺起眉頭，瞥了站在面前向自己施壓的人一眼，還是乖乖拿起湯匙，舀起乳白色的濃湯送進嘴裡，濃郁的香氣和暖意頓時填滿了口中，甚至蔓延至全身，令男人不禁感到驚奇。

　　看這孩子天天只會耍賴，結果比表面上更會做菜。

「很好吃吧？」

見對方望向自己，Francis得意將雙手插在口袋吹噓，Ray立刻就收起已經到嘴邊的稱讚，只是平淡地說：「還可以。」

「你這人怎麼說話的！」

「不就用嘴嗎？你有看到我用其他地方說話？」Ray平靜地反問，那雙深邃的眼睛盯著對方，只見少年漂亮的臉委屈地皺了起來。其實他還是不免覺得，回到這無比寂寥的家後，能有個人燒好飯菜等著自己，讓他整個人心情都好了起來，即便要犧牲一些休息時間來跟這長不大的孩子鬥嘴就是了。

「哼！」Francis氣憤地從喉嚨哼了聲，乒乒乓乓地踱著重步，走回爐前雙手抱胸地站了一會兒，才將牛肉從爐上拿下來裝盤。漂亮的藍眼睛此時矇著一層陰鬱，嘴裡碎碎念地像是在抱怨，讓對方看了忍不住笑了出來。

「那你為什麼突然下廚做菜給我？交代個誰來做也行啊。」

這個問題彷彿開啟了Francis體內的警報開關，令他愣在當場，想起自己之所以要做這頓飯，是因為跟Jool打了賭。不可否認，他的確是想為Ray做點什麼的，畢竟一直以來都是對方在為他付出。

「算是想報答你吧。」過了好一會兒，Francis才總算

開口。他聳聳肩,將煎好的牛排放在對方面前,然後一屁股坐在高腳的中島椅上,抬頭望向天花板。

「我不知道該怎麼感謝你才好⋯⋯你都幫我做各種事了。」

「我沒幫到你什麼。」

「這還叫沒幫到什麼?有幾個人會相信我真的來自未來還帶我走遍整座城市,不在意我崩潰地大吼大叫,甚至還說要照顧我一輩子?我知道對你來說,多養個人在家裡的花費也不過是些零頭小錢,但我還是想給你一點回報,不過是一頓飯,跟你這個月替我做的比起來,根本不算什麼。」

對方聽著他說,一邊對於他緊盯著天花板的舉動感到困惑,不明白上面有什麼好看的,但從對方逐漸轉紅的白皙耳朵,便看得出這嘴硬的孩子害羞了。

「那就別只做一頓。」

「嗯?」

「你以後也做給我吃吧。」說著,他便叉了塊肉送進嘴裡,不知是因為真的好吃,還是因為剛煎好,又或是因為心情放鬆的緣故,這牛排品嚐起來十分美味。

「我做的菜不便宜喔。」粉頭少年微微抬起頭說。

「你之前打破的碗盤還沒賠呢。」

「真不愧是商人!連沒值多少錢的碗盤都斤斤計較!」

Francis 鼓起臉頰抱怨，但對方只是從喉嚨輕笑了幾聲，一語不發地繼續吃飯，做菜的人則是將臉頰貼在中島上，靜靜地盯著他用餐。

　　Ray 算得上是相貌堂堂……其實必須承認，他是真的很英俊，臉部線條剛毅，有著深邃的雙眼和高挺的鼻梁，嘴唇的形狀也很完美，一頭烏黑的髮抓得整齊有型，加上那猿背蜂腰的身材，要是有女人主動追著他跑也不奇怪。Francis 終究是按捺不住好奇開口問：「Ray，你有女朋友了嗎？」

　　對方微微抬高了眉毛，然後搖搖頭。

　　「我沒時間想那些，光工作就應付不完了，沒時間花在別人身上。」

　　「你該找一個了吧，做為男人你已經很完美了，要是能有個美女陪在身邊，一定人人都會忌妒死你的。」說是這麼說，Francis 心裡卻暗暗為自己的說詞感到有些不自在。另一方面，Ray 幾乎是立刻搖頭以對。

　　「你說的那種女性，需要投注很多心力關心她，但就像你看到的，我連回家吃晚餐都有困難了，哪有女性會願意跟我過大半輩子？如果有的話，大概也是看上我的錢，而不是我這個人。」

　　「那你打算這輩子都打光棍啊？」Francis 忍不住再問，但對方只是抬起頭看他，眼底短暫地閃過一道光芒。

「我已經一個人過五年了,繼續這樣大概也沒什麼。」

對方此話一出,Francis立刻將臉別向一邊,那冰冷麻木的語氣刺得他心臟發疼。他不喜歡看Ray表現得若無其事,真的有人經歷這種事還能跟沒事一樣嗎?家人全數撒手人寰,而大學剛畢業的少年要接手的不僅僅是他們留下的財富,還有極其龐雜的責任和使命。

若換作是自己呢?

換作是Francis,他絕對會哭到精神異常,不可能像眼前這個男人這樣迅速振作起來。

「而且⋯⋯」Ray無預警地再度開口,他看著別過頭去的少年,卻只看得到那頭顏色奇異的髮。

「⋯⋯現在我有你了啊。」

Francis整個人僵住,緊緊抿住了嘴,感覺有什麼堵在喉頭,似是哽咽,又或許是某種令他心臟緊揪的情感。他唯一能做的,只是把臉埋進放在中島上的兩條手臂之間,無法形容此刻的心情,說不出究竟是開心還是迷惘。

Ray這麼說,讓他很開心,但也因現實而陷入徬徨⋯⋯因為他並不是這個時代的人。

即便如此,幸福感還是戰勝了迷惘。

「你以前絕對是個高手。」Francis低聲說。

對方聽了只是緩緩搖搖頭,奇怪他為何會這麼說。

他知道Francis不可能一直留在這裡、待在他身邊,

但有個人能陪自己吃飯，他也不用像在外面用餐那樣拘束，還是令他有了難言的感覺

　　不知道有多久沒這樣坐在廚房吃飯了……久到都記不得了。

　　「Francis。」

　　「嗯？」低著頭的少年輕輕應了聲。

　　「所以你下次還能做菜給我吃嗎？」

　　「這是算碗盤的賠償，還是你在求我？」少年不肯放下架子。

　　求人的一方只好擺了擺腦袋，給出對方想聽的答案。

　　「算是我的請求吧，很久沒吃到這麼讓人放鬆的一餐了，感覺跟你待在一起，也不用表現得太拘謹。」

　　「你是要說我在你眼裡是小朋友？」即便口氣有些不悅，那雙天藍色的眼裡卻有淚水在打轉，聽見這個男人說沒什麼屬於自己的時間，甚至連吃飯都不得放鬆，他的胸口就有一股難以言喻的痛楚。

　　Ray沒有回話，只是將對方準備的飯菜都吃個精光，然後將盤子拿到洗碗機，一轉身，只見Francis依然維持著同樣的姿勢，把臉夾在手臂之間。

　　「你要我做晚飯給你吃，就要早點回家，跟我一起吃飯才可以。」

　　埋著臉的主廚大人提出條件，但站在他身後的人卻注

意到他的肩膀在發顫，不知怎地，便令他情不自禁地想照著對方的要求去做。

　　Francis 可能是覺得寂寞。

　　想到這裡，Ray 向前將手放上對方的肩頭，輕輕揉捏了幾下。

　　「我盡力就是了。」

　　「說了就要做到，不是盡力就好。」

　　倔強的孩子毫不讓步地說，Ray 聽了只能笑笑。

　　必須做到才行呢，不然有人又要發脾氣了。

　　「那一個禮拜三天？」

　　「還算能接受。」即便不太滿意，但 Francis 還是維持著同樣的姿勢，接受了對方的討價還價。他感覺到 Ray 的手已經從他肩上離開，以為對方已經轉身回房，殊不知……

　　　一股柔軟的暖意輕輕落在他圓滾滾的腦袋上，伴隨著一道溫柔的嗓音。

　　「這頓飯很好吃。」

　　Francis 倏地抬起頭，發現對方已經轉身離開廚房，看著那直挺寬大背影獨自離去，讓他只想走上前去，與之並肩前行，努力將那位笑口常開的男孩給帶回來。他無法否認的是……頭頂上的柔軟觸感，又再度帶給他不可思議的美妙感受。

「你喜歡，我也很開心喔，Ray。」

即便在這個時空裡，他誰也不認識，但此時的 Francis 知道，他還有 Ray。

8

　　Francis 覺得自己這些日子過得太鬆懈了,不對,打從來到這裡以後,他已經對於一定沒人相信他來自未來,也回不了家的狀態感到理所當然了。

　　「我已經在這裡待了一個半月。」他突然出現在 Ray 的車子前是七月中,現在已經八月底了,但除了跟 Ray 出去繞了整座城市一圈,然後發現自己對這裡一無所知的那天以外,他還沒有認真想辦法回家過。

　　而那天的經歷,大概也是令他卻步的原因之一⋯⋯若最終的答案,就是他再也沒辦法回去呢?

　　「唉,一想就鬱悶,那兩個神經病,姪子都消失一個半月了⋯⋯喂!你們該帶我回去了吧!叔叔!阿伯!」

　　「媽媽,那邊有奇怪的人。」

　　奇怪的人聽了癟癟嘴。現在他不在 Ray 的家裡,而是在大樓前的人行道上,手中拿著冰棒,指向天空對著兩位長輩破口大罵,卻被路過的小孩當成怪叔叔,他立刻轉過

頭去,接著⋯⋯

「咧!」做了鬼臉。

「哇!!!孩子,我們快走了。」Francis對著小朋友秀出獠牙,那對母子迅速轉向離開了,而他則是繼續往前走,直到抵達一座小公園。

「今天有夠悶的。」嬌小的少年一邊說著,一邊拉著自己的衣服搧風,但又懶得走回家裡。其實在Ray明白他真的來自未來後,對方就把大門的密碼告訴他,跟他說想去哪都可以,只要跟Jool說一聲就好。然而,他也只有在大樓和便利商店之間來回而已。

至於他哪來的錢⋯⋯Ray每天都會放一些給他。

「換作是其他人,被養到這種程度,是絕對不可能回去的。」Francis無奈地自言自語著,將最後一口冰棒送進嘴裡。他在公園裡坐下,托著下巴看著人來人往,腦袋開始進入沉思。

「我來到這裡的那天是十五號,難道說一定要在十五號回去?但這個月的十五號已經過了,下個月再試試吧⋯⋯但該怎麼回去啊?那個家又沒有工具,那個爛手錶也在來之前就被我扔掉了,時空之門應該不會這麼輕易就碰巧在我面前開啟吧?」他猛搔著頭想著,總該有回去的辦法才是。

「首先應該找到那兩個腦子有洞的老人家,逼他們把

時光機給做出來⋯⋯但這樣划得來嗎？那兩人發明的東西成功過嗎？要是反而穿越回三十年前怎麼辦？Francis啊，你不如尋死算了，可能都比找到回家的辦法簡單。」他只能重重地嘆了口氣，垂頭喪氣地打道回府，心想最簡單的辦法，大概就是等到十五號，去他差點被車撞到的路口晃一晃、瞧一瞧。

但不可否認的是，Francis每次思考回家的事，內心都會同時出現一道遲疑的聲音。

要是我回去了，誰來陪Ray呢⋯⋯但有Yuji在，Jool也在啊，而且他總有一天會遇到某個女人，能理解包容身為工作狂的他吧。

這個想法讓少年的頭垂得更低了，意識到自己並沒有那麼重要，反而比較像是對方的累贅，忍不住大嘆了口氣。

「守衛大人，我回來了喔。」

走進室內，空調放送著沁涼的風，Francis習慣地前去找綠眼睛的看護，向對方報告自己回到家了。他實在不知道Ray請這個人到底是要看護他，還是要看守他。

「唉唷？都沒帶東西給我啊？」看見說要出門買東西的人兩手空空回來，Jool立刻開口問。

「你也沒給錢，是要我帶什麼回來？」Francis癟癟嘴，視線投向客廳的電視，極薄的螢幕在這個時代已經算

是相當新潮,但對他而言還是落伍得要命。在他生活的年代,早就沒有人會在牆上鑲一面螢幕了,都是用一根長型的棒子,一開機,螢幕就會自動展開,厚度還只有一張紙那麼薄。

「你在看什麼?」

「市容整治計畫啊,政府打算讓老城區的人全搬遷出去,那邊算是市中心,比較適合開發商業活動;同時也會把城市的範圍向外擴大,將林地那一帶改建成最先進的住宅區,讓被遷走的人住過去,但那些人不接受——」

「你說什麼!」

Jool 的話都還來不及說完,Francis 就衝上前攀住沙發的靠背,他盯著螢幕上的老城區,造型大同小異的排樓櫛比鱗次,心中頓時亮起了希望的光芒。

如果被遷到新建案的就是這批人的話,那就代表⋯⋯他的叔伯一定也在那裡!

「我是說,政府打算跟老城區的這些居民協商,但感覺不太容易,他們從父母輩起就居住在那裡了,大概不會輕易搬走。」

「那老城區在哪啊?」Francis 激動地追問,令對方感到相當困惑,但仔細想想,Francis 大概就是好奇心旺盛,畢竟家裡的書都被他讀完了一整排,會想再多吸取些其他資訊也不奇怪。

「老城區在北區，搭地鐵大概半小時就到了吧……」一得到想要的資訊，Francis 便迅速衝回臥室，抓起 Ray 給他的手機。平時他會使用到手機的情況，就只有特別想買什麼東西，需要聯絡幫手的時候。

但此時，他滿腦子都是 Ray 給他的號碼。他顫抖著雙手，努力想撥電話給對方。

快接，快接啊！不是說有急事就能打給你嗎？我要去老城區，現在、立刻、馬上！

Francis 因為可能找得到回家的方法而興奮不已，一個勁兒地想著，希望對方趕緊接電話，然而……

「Jool，發生什麼事了嗎？」

「Yuji？」Francis 一句話堵在喉頭，想打電話給 Ray，卻碰上了麻煩的傢伙。這個人對他老闆的行程管控可是嚴格得很，要是他知道自己想在這時讓 Ray 帶自己出門，一定不會允許的。

「Francis 先生？有什麼事嗎？」

「讓 Ray 聽一下。」他懷抱著希望，在心裡咒罵手機的主人，明明說是他的私人號碼，拿在祕書手上算哪門子的私人啊？

「恐怕不行，老闆正在開重要會議，就算你有急事，哪怕是超級緊急、十萬火急，我都不能讓老闆接電話。」

吼喔喔！他馬上就知道我要說是急事了！這個腹黑眼

鏡仔!

「那要是我跟你說,Jool 現在很不舒服,快死掉了呢?」

「我可不認為半小時前才剛跟我通過電話的人,會突然病到快喪命喔。所以這個理由,駁回。」

好想把這眼鏡混蛋宰了然後棄屍樹林啊!

即便心裡是這麼想,但他唯一能做的,還是只有朝著話筒乾叫囂而已,畢竟⋯⋯

「那就先這樣吧,等會議結束後,我會轉告老闆你打電話來的。」

喀啦。

「喂!你先別掛啊!我真的有急事!Yuji! Yuji!哇啊啊! Yuji──」即便知道對方不會再聽見,Francis 還是只能朝著電話大吼,焦急得抬起手咬起指甲。此時的他,腦袋高速地運轉著,一心只想立刻前往老城區。

「好啊!自己去就自己去!也不是沒在自己的年代搭過地鐵,搭二十年前的地鐵又算什麼!」粉紅色少年果斷地說著,倏地站起身,抓起他總愛拿來留言給共寢之人的便條紙,寫下幾句話後,左右張望地尋找貼起來最顯眼的地點,最後,他選擇貼在大床的枕頭上。

「希望你能看到囉,搞不好我在你到家前就先回來了。」Francis 對著那張紙條說,接著拍拍自己的口袋,確

認身上的錢應該還夠搭地鐵，就走出房門對負責看守自己的人說：「守衛大人，我要去買零食。」

如果說了自己要去老城區，對方一定會跟過來，他選擇用買零食當藉口，迅速奪門而出，而 Jool 只能滿臉問號地望著他的背影，喃喃自語：「二十歲了還這麼愛吃零食，這已經是今天第二次了耶？」

他沒有想到的是，說要去買零食的人，會消失得比誰能想到的都要久。

「怎麼都沒人跟我說老城區這麼大！」

在舊時代的大眾運輸系統中迷路許久後，Francis 終於在自己的智慧（跟著前面的人走）和站務人員的指路下，成功從老城區中心附近的地鐵站探出頭來。原本振奮不已的他，在踏出地鐵站、親眼見識到該區為數龐大的住宅和人群後，也只能乾張著嘴愣在當場。

可惡啊！說要被迫遷，還以為是個小社區，結果哪裡是！吼！

Francis 惱怒地想著，完全不知道該從左邊還是右邊開始找起。重點是，他頂著一頭異於常人的髮色，即便將頭髮染成各色的人在他的年代隨處可見，但在這個時代就只

有他一個人，任何人經過都會紛紛回頭發出驚呼。

「媽媽，我想吃棉花糖。」

想吃就去買啊，小妹妹，哥哥的頭髮可不是糖果。

頂著一頭棉花糖的人忿忿地想著，接著戴起自己的厚臉皮，走向站在一旁看報紙等人的大叔。

「大叔，不好意思，我在找一間房子，不知道你對這邊熟不熟？」他告誡自己得表現得討喜一點，頂著無辜的大眼睛向對方微笑，努力不被對方盯著自己頭髮的眼神給觸怒。大叔放下報紙，點了點頭。

「算熟吧。」對方的回答令他揚起笑容。

「那太好了。請問你認識 Forcel 家嗎？他們就住在老城區。」

「你有住址嗎？」

Francis 只能尷尬地保持微笑，搖了搖頭，對方揮了揮手。

「這樣誰幫得了你啊？如果 Forcel 家出了個總統，我一定知道他們住哪啦。你應該也不用問住址了，這裡現在蓋得亂無章法，誰住哪都不清楚，政府說要遷居，大概也是想藉此整頓社會秩序吧。只知道人家姓什麼，沒人幫得了你的，你只能一戶一戶去人家家門口看門牌。」

吼，我沒有想知道這個事實啦！

他只能含著淚如是想，看著大叔已拿起報紙結束了對

話，認命地轉身，開始一戶一戶地查看門牌。

好哇，有志者事竟成，不過是地毯式搜索每一戶人家，才難不倒我 Francis 呢。

他努力安慰自己，走過一間一間的屋子，逢人就問是否跟自己的家族認識。原本令人昏昏欲睡的暑氣，開始逐漸散去，轉弱的陽光揭示著黃昏的降臨，但 Francis 依然在各戶人家的門前穿梭著。

「真的不行了啦！一個人怎麼找得到啊！」他絕望地坐在大賣場前，盯著熙來攘往的人群自言自語。

難道老天會剛好讓阿伯或叔叔在這時候過來買東西嗎？唉，做你的白日夢去吧，Francis。

「好吧，就等到天黑再回去吧。」他決定重整旗鼓，在舉起手向自己信心喊話的同時，眼角餘光卻意外瞥到了什麼。

「喂！小心點啊！」

Francis 大吼出聲，奮不顧身地向前奔去。一名剛離開超市的女子，手中堆滿的東西高得擋住了她的視線，自然是絲毫沒意識到馬路上的高低差。

「呀！！！」

碰！

「安⋯⋯安全了。」見那名女子因為自己的呼聲停下腳步，Francis 鬆了口氣地說。在他撲上前想接住對方的同

時，有所警覺的女子已經單腳煞車，但因為另一隻腳已經懸空，讓她慌得驚叫出聲，手中的紙袋隨之掉落在地，裡面滿滿的食物四散，幸好人平安無事。

　　「妳沒事吧？」嬌小的少年見對方驚魂未甫地癱坐在地上，連忙上前幫忙撿拾東西，這才注意到了一件事。

　　「孩子，別怕喔……」

　　Francis 瞬間明白了對方為何會把東西抬那麼高。她正撫摸著自己鼓鼓的肚皮，安撫胎中的孩子，接著才抬起頭，向他投以感激的笑容。

　　「謝謝你喔，要不是你，阿姨跟孩子就糟糕了。」

　　「不用客氣。妳站得起來嗎？」

　　「嘿嘿，我還在腿軟呢，給我點時間。」女子有些尷尬地笑著說。她花了點時間平復情緒，才終於站起身，見她的四肢仍發抖個不停，Francis 忍不住開口提議。

　　「我送妳回家吧？妳一個人提這些太危險了。」

　　「這樣好嗎？」

　　Francis 心想，自己雖然是陌生人，但剛剛都出手相救了，對方應該會信任自己吧。

　　「沒問題的，我正好在找人，可以邊走邊找，畢竟我也不知道他們住哪。」為了不讓自己顯得很可疑，Francis 補充說明了自己的來意，並抬起東西，往對方所指的方向前進。

「要找誰呢？我在這裡住很久了，或許幫得上忙喔。」

「我要找認識的人，已經四處找了一下午都找不著，怎麼問都沒人認識，好心灰意冷。」一逮到機會傾訴，滿腹苦水的 Francis 就抱怨個沒完。他從日正當中時就開始找人，現在太陽都快沒入地平線了。對方聽了忍不住笑起來，看著眼前這位頂著怪異髮色的少年，女子不由得心生憐愛。

「所以你要找誰呢？還沒說呢。」

「要找 Forcel 一家。」

「哦，也難怪，你頭髮染成這樣嘛。」

嗯？聽對方說起他的髮色，還一副認識 Forcel 一家的樣子，Francis 猛地轉頭看向對方，雙眼逐漸睜圓。見他目瞪口呆的模樣，對方於是繼續說下去。

「你是要找 David Forcel，還是 Brian Forcel 呀？阿姨一點都不意外呢，畢竟每個來找他們的人感覺都很⋯⋯嗯⋯⋯很異於常人呢。」

Francis 敢發誓，對方語句中的停頓，原本絕對是想說他們「很奇怪」，但那已經不重要了，這名女子居然認識他的叔伯兩人。

David⋯⋯是他伯父。

Brian⋯⋯是他叔叔。

找到了！！！感謝老天！謝謝祢把這位女士送到我面

前！哇！我感激涕零啊！！！

「沒錯，我就是要找他們兩個！他們住在哪裡呢？」Francis 激動地問，但對方這才像是突然想起什麼，臉上的笑容逐漸收起。

「不好意思⋯⋯我剛剛才想起來，他們不在呢，上禮拜就飛去參加什麼發明研討會了，你不會意外的吧？畢竟你應該也知道，那兩個人常常會突然消失⋯⋯嗯⋯⋯兩個月之類的。」

Francis 看著女子一臉抱歉，好像是自己的錯一樣，只能乾張著嘴，整整十秒鐘都說不出話。

沒錯，叔伯只要去參加發明會，跟那些和他們同樣德行的瘋子聚在一起，絕對不是兩天或兩個禮拜就能結束的事，通常都要搞上一、兩個月，有時是去幫忙參與朋友的研究計畫，也可能是突然想到什麼新點子，不想浪費時間回家一趟，也常常因為跟朋友們暢談得太忘我，把他這個姪子給忘得一乾二淨。

他很清楚，但⋯⋯對啊，為什麼要是現在！

「你沒事吧？」

「有事，非常有事，我從上個月就開始找他們了，沒想到會這樣錯過。」雖然他其實是今天才想到要來這裡找人的，但 Francis 還是想怪罪那兩位，怎麼就不等他來了之後再去呢？

那兩個臭老頭！氣死人了！給我等著瞧！
「有什麼事，要不要先跟 Matthew 說呢？」
怦怦。
「Ma……Matthew……」原本正煩得焦頭爛額的少年聞言瞬間瞪大眼睛愣住，不敢置信的他只能失神地複述那個名字。
「哦，你大概不認識 Matthew 是吧？他是家裡最正常的人了，跟那兩人是兄弟，排行老二，真的有急事的話，可以請他幫你轉達喔。」
「我認識……」Francis 的聲音變得微乎其微，走在他身邊的女子困惑地轉過頭，但他沒有回話，只是一個勁地搖頭。他怎麼這麼糊塗？完全忘了要是見到叔伯兩人，一定還會再見到另一個，那位在二十年前仍在世的人……
他應該要很清楚的才是啊……David、Matthew、Brian 三兄弟之中，跟另外兩人最不同的，就是……
「Amery，我不是跟妳說過了，去買東西要告訴我啊！」
此時，一間屋子的門突然打開，一位男子大聲嚷嚷著，走上前來攙扶自己的妻子。即便才懷孕六個月，但她本身就很笨手笨腳，要是不小心在哪兒跌個腦袋著地，都不是什麼意外的事。

「我沒事啦，我沒事，剛好碰到這孩子幫忙，還送我回來呢。」

聽見女子叫 Amery，Francis 更加瞪大了雙眼、傻在當場。望著眼前這對男女，他只感覺雙腿發軟，那名男子還回頭向他投以和善的笑容。

「感謝你幫了我太太……我叫作 Matthew Forcel，你好。」

「！！！」

即便內心已經有所察覺，但親耳聽見對方這番自我介紹，還是讓 Francis 萬分震驚。和眼前男子如出一轍的天藍色雙眼眨了眨，轉而看向自己出手替她提了整路東西的女子，對方注意到後便朝他笑了笑，有些不好意思。

「我剛剛忘了告訴你，David 跟 Brian 就是我先生的兄弟……Mat，這孩子說要找你哥跟你弟，我讓他有什麼話就先跟你說，反正那兩人大概不會太快回來。」

Matthew 聽了呵呵大笑，對於自家兄弟的行為模式，他可是瞭若指掌，轉頭望向髮色吸睛的少年含笑說：

「有什麼想跟他們說的，等等直接告訴我吧。」

千百個問題都已經被 Francis 拋諸腦後，整顆腦袋完全容不下其他念頭，只能一個勁兒地盯著身材健美的男子，以及頂著一頭金色秀髮的纖瘦女子。

此時此刻，站在他眼前的是二十年前的父母，而他望

向母親的肚皮⋯⋯

Francis Forcel 就那裡。

⌛

「老闆！Fran 先生還沒回來！他已經失聯五個鐘頭了！」

在 Francis 踏上尋親之旅後的第五個小時，Ray 終於得知對方打過電話給自己，還接到了另一位下屬的通知，說 Francis 從下午就出了門，卻遲遲沒有回家，令他的腦袋瞬間被紛亂的思緒占據，連忙動身回家，這才發現那孩子消失得不見蹤影，沒人知道他去了哪裡。

「怎麼回事！」

「他說要出門買零食，然後就不見了，我把這附近的店都找了一遍，他們都說沒看到粉紅色頭髮的人去買東西，只有一家店表示中午左右有看到他。」

聽了對方的陳述，Ray 不由得雙拳緊握，心臟急切地跳得幾乎要失控，一股不安湧了上來。

要是 Francis 已經找到了回到未來的方法怎麼辦？那孩子就這樣不告而別，該怎麼辦？

光是想到這裡，就已經令他難以承受，心臟像被狠狠掏空一般。他邁開修長的雙腿回到臥室，希望 Jool 所說的

一切都只是 Francis 搞出的惡作劇，但事實卻不是如此。房裡的任何一個角落都沒有 Francis 的蹤影，他只能呆滯地站在房裡，彷彿癡傻了一般。

他人生中很少遇到這樣令他無所適從的情況。

「老闆，有張紙條。」

Yuji 的說話聲將他喚回現實。他走上前，將那張紙條從枕頭上拿下來，看了紙條上頭工整的字跡，感覺心臟像是自由落體地墜落一般。

我找到我叔伯的線索了，我要試著去找找他們。

「線索，什麼線索？他整天就待在這兒，哪裡都沒去，能找到什麼線索！！」Ray 氣急敗壞地怒吼，Francis 要是找到了什麼，那他就該知道啊！但這樣簡短的一條訊息，令他內心油然升起一陣恐慌。

要是 Francis 的叔伯已經成功開發出那台怪機器，那 Francis 就會一聲不響地離開了。

「對了，Fran 先生出門之前，聽到老城區居民要被搬遷到新建案的計畫，好像很感興趣。我不知道這有沒有什麼關聯，但他感覺非常在意。」

Jool 此話一出，Ray 便揉緊了手中的紙條，轉身對親信交代：

「派人出去找 Francis……現在立刻！」

男人大聲喝斥，接著快步踏出房間下樓，逕行開車往

Timeless

老城區出發，一心只想以最快的速度抵達。

　　先別走啊，Francis，再怎麼樣，我都想讓你先知道，你對我而言有多珍貴。

✦✦ ———— 🕛 ———— ✦✦

9

安穩坐落的屋子裡，Francis 坐在一張沙發上，請他進屋的夫妻倆正對他投來友善的微笑，而他感覺五臟六腑都在翻攪鼓譟著，不知道該說些什麼才好。

對於自己完全認不出爸媽，他一點都不意外。這兩人早在他有記憶前就過世了，家裡的照片也剩沒幾張，還都很舊了。重點是，Francis 從不覺得自己的人生有什麼缺憾，有個瘋癲的伯父跟腦袋有洞的叔叔，生活就已經足夠忙碌，不過是沒體會過來自父母的溫馨親情，哪裡值得成天怨天尤人、自怨自艾呢？但現在……

爸媽人就在這裡，就坐在他面前，活生生地在呼吸、在說話，並向他微笑，而且還向他投以關愛的眼神，令他不禁眼眶泛淚。

爸爸、媽媽，我是 Francis，我是你們的孩子喔。

他緊捏著自己的手，在內心默念著，畢竟就算說出口，對方也不會相信他是來自未來的兒子，大概只會覺得

是個腦筋不正常的怪人。想到這裡，Francis 只好做個深呼吸，努力讓自己保持平常心，但緊繃的情緒還是讓原本就白皙的臉龐更失血色。

「孩子，你還好嗎？喝點水吧，你臉色好蒼白喔。」

「Amery，他也不是小朋友了，應該不會喜歡妳一直叫他孩子。」Matthew 笑著對妻子說，她總是把所有人都當成孩子。妻子瞪了他一眼，才回頭看向打扮得繽紛亮麗的少年，帶著溫柔的笑容。

「你別怪阿姨喔，看著你，就讓我想到 Matthew 嘛。」

「想到我？」Matthew 只能奇怪地複述妻子的話，看了看身材小他好幾號的少年，不論是髮色、衣著，都找不到一點相似的地方，要說跟 Amery 有共同點還說得通。然而，做妻子的只是對他甜甜一笑。

「眼睛呀，我跟他對到第一眼的時候，還以為是你呢，Matthew，那雙眼睛閃閃發光的，讓我覺得能對他放心，就讓他送我回來了。」女子掛著淡淡的笑容說完，還不忘回頭對面色鐵青的少年放送笑容，讓 Francis 只能捏緊自己的拳頭。

怎麼能不像呢？我就是你們的兒子啊。而且我的頭髮其實也不是粉紅色的，是金色的……跟媽媽一樣。

來自未來的少年將自己的手都捏到發痛了，他滿腹焦慮，深怕不小心就會說溜嘴，連吞口水都無比艱難。此

時，Matthew 再度開口問：

「你找我的兩位兄弟有什麼事呢？」

Francis 只能一個勁地搖頭，什麼都說不出口，覺得淚水隨時都要潰堤，必須用盡全身的力氣壓抑自己，才不會撲上前去，擁抱這對太早離他而去的雙親。他的舉止看在 Matthew 眼裡，對方也只能自行解讀。

「哦，大概是不能請別人轉達的事吧？我理解的，你們都很怕會洩露新發明的資訊對不對……感覺你跟那兩人也有點像呢，真奇怪。」深諳兩兄弟習性的 Matthew 這麼一說，Francis 於是順水推舟，快速點了點頭。

「是啊。」

我跟那兩人才不像呢！我又不想當什麼發明家或科學家。我喜歡旅遊，喜歡研究別人的故事，我是像爸爸，才不像那兩個大叔呢！

Francis 一邊想著，一邊努力轉移自己的注意力，要是突然在陌生人面前聲淚俱下，大概會詭異到不行吧。他抬起頭環顧這間房子，便注意到了掛在屋內的照片。

「你是軍人嗎？」

「哈哈哈！是不是讓人很不敢相信？兩個兄弟都超會念書，只有我背道而馳，喜歡運動，他們到現在都還會嫌棄我幹嘛入這行呢。」Matthew 笑著說，但 Francis 臉上沒有一絲笑容，只是拚命忍住在藍眼裡打轉的淚水。

爸爸，你知道嗎？你選擇的這條路，將會奪走你的生命。

「那是為什麼呢？」

「嗯？」

「為什麼要選擇做這麼危險的工作呢？」Francis 轉頭望進父親的眼睛，盡可能地表現得堅強。

對方微微挑起眉毛，接著深情地將手放到妻子的肚皮上，自豪地回答：

「我得守護我所愛的人啊。」

Francis 望著如此宣告的對方，只能緊咬著自己的下唇，咬得都發疼了。

「我會選擇從軍，是為了守護我所愛的人，報效讓我安居的國家，就算感覺很危險，但只要想到人們能安穩地在家裡睡覺，正是因為有我們在前線奮戰，我就為自己的工作感到驕傲。」

「唉唷，Mat 呀，每次你說起這件事，都要講得那麼浮誇。」

「哈哈哈，但我說的是事實啊，我希望妳跟孩子都能平安。」

夫妻倆談笑的畫面洋溢著愛與幸福感，但深知數個月後會發生什麼事的人卻聽得心如刀割。Francis 終究是無法阻止自己。

「難道你沒想過，要是你出了什麼事，你的老婆小孩該怎麼辦嗎？」

夫妻倆回過頭，詫異地望向這位訪客。少年眼眶泛紅，投向他們的眼神卻寫滿了關心，Matthew 臉上浮起溫柔的笑意，不知怎地，他對這位年輕人挺有好感的，或許正如 Amery 所說，僅僅是與他對上視線，就有種相識已久的感覺。

「他們會理解我的。」

Francis 一臉不解，即便他和父母沒什麼羈絆，但他可從來沒理解過父母為何要丟下他。

小時候，在家長日的活動上，總能見到其他同學的爸媽，只有他得盼著叔伯到底有沒有空、趕不趕得及來參加，還要常常被別人說是孤兒，讓他不由得陷入自我質疑，想著爸媽到底去哪兒了？為什麼不來找他，為什不來他的家長日，為什麼不待在他身邊，看著他年年長大？

曾經滿腦子被為什麼給填滿的孩子，是因為有叔伯兩人才得以度過那段時光，即便他早已淡忘那些疑問，但能夠給他解答的人，此時就在他的眼前。他好想問問，好希望對方能明白自己的想法⋯⋯爸爸、媽媽，你們怎麼能把我獨自留在這世界上呢？

Francis 望著此刻握住母親的手的父親，如是想著。父親先是和母親相視而笑，接著才轉頭對他微笑。

「我知道這份工作很危險，隨時都可能會喪命，但我很清楚，他們都會理解我的。他們會知道，我做的一切都是為了守護他們，不論我有沒有機會看著這孩子長大，但這孩子一定會以為國效力的父親為傲，能自豪地對別人說他爸爸是英雄⋯⋯」

　　與此同時，母親也回握了父親的手，向他投以微笑。

　　「我們的孩子會知道他父親有多偉大，Mat 選擇從事這份工作，阿姨也從不感到遺憾，我可以挺起胸膛對別人說，大家之所以能在這個國家安居樂業，都是因為有他們在前線奮鬥。」

　　聽著這番話，少年只能望著兩人流露著堅定信心的雙眼，接著⋯⋯

　　啪答⋯⋯啪答⋯⋯啪答⋯⋯

　　晶透的淚珠接二連三地滾落，二十年來都不曾被解答的疑問，此時終於得到了解惑。他抬起雙手掩住了臉龐，雙肩因悲傷而發顫。

　　他曾想過，爸媽是不是討厭他，才會這麼輕易地丟下他⋯⋯但並不是如此，他們都深愛著他，想要守護他，爸爸是他的英雄。

　　「糟糕，孩子，你怎麼啦？Mat，怎麼辦？他哭成這樣。」

　　在淚水氾濫滅頂之際，Francis 只聽得到母親正匆忙地

找面紙給他擦淚，父親則是在一旁，關切地問他發生了什麼事，而他只能繼續遮著臉，努力將哽咽都憋在胸腔，抽抽搭搭地開口回話。

「我爸爸……嗚……死在……戰場上……他在我……出生前……就死了……我天天都在問自己……他怎麼可以……丟下我……嗚……我……我到今天才明白……他愛著我……他是為了守護我……他……他就跟你一樣……沒有……丟下……我……」

少年埋頭哭泣著，那對夫妻只能在這片啜泣聲中面面相覷，大概明白了他是因為得知 Mat 是軍人而感到憤慨。做父親的湊到他身旁，伸手握住泣不成聲的孩子的手。

「沒有哪個爸爸是不愛孩子的，也沒有哪個爸爸會想拋下孩子不管，我相信你爸爸也是一樣。他是軍人，一定一心只想著要保護你、保護你媽媽……你該以他為傲，別因為他走得太早而傷心。我相信，就算不能再見面了，他也會在某個地方守望著你。」

Francis 哭得更厲害了，感覺自己沉重緊繃的內心得到了解放，知道父親是愛他的，但他還是想試著做出改變。

「你不能……不當……軍人嗎？」

「不行。」

「就算會……死掉……？」

「我隨時做好在崗位上殉職的準備。」Matthew 掛著

自豪的笑容,而 Amery 也將手搭上了少年的肩,即便不明白自己為何要這麼做,還是情不自禁地將他摟入懷中。

　　她不想看到這孩子哭泣。

　　「你爸爸很愛你,你要引以為傲喔。」

　　我很驕傲,也很以他為傲,但我不想讓爸媽死掉。

　　他只能倒在從未體會過的母親懷抱裡,一邊哭泣、一邊想著,這是曾經能夠緊抱他的胸膛,而今他終於能感受到母親的擁抱⋯⋯卻也是最後一次了。

⌛

　　「你真的沒什麼話要轉達給他們嗎?我可以打電話給他們的。」

　　「不⋯⋯不要緊的,我會再來拜訪。」

　　在那之後又過了多久,Francis 也記不清了,但他總算是平復了情緒,見門外天色已黑,決定打道回府。夫妻倆原想留他下來吃晚餐,但他以有約為藉口婉拒了。

　　「不小心就哭了,給你們添了麻煩,真是不好意思。」粉色頭髮的少年低聲說,湛藍色的雙眼依然依依不捨地望著兩夫妻,像是要將他們的面龐刻印在記憶深處。他不會再來這裡了,即便這裡能讓他短暫重溫與父母相聚的時光,但僅此足矣,要是再得到更多,他一定又會忍不住想

替兩人改變未來。

　　他們以自己的選擇自豪，那他也應該要為之感到驕傲才是。

　　懷著這樣的想法，他將視線投向寬廣的街道，嘴角微微上揚。

　　「你會再來找我們吧？」

　　母親帶著期待的口吻問，做兒子的擠出一點笑容。

　　「我盡量吧，但應該會有好一陣子不能來，接下來我就要出國讀書了，可能好幾年後才會回來。」

　　到那時候，你們大概就已經不在這個世界上了。

　　「哇，太可惜了。那有機會一定要來喔，我們會等你的。」Amery 惋惜地說，還是不想放棄任何一點再見面的可能，她不得不說，自己對這孩子產生了神奇的情感，不是對丈夫懷有的那種愛戀之情，而是一種看到自己的孩子長大的感覺。

　　「好的⋯⋯那我先告辭了。」Francis 鐵下心，微笑著對兩人說。他努力用雙眼記錄兩人的身影，才轉身離開。

　　「等一下！」Amery 出聲叫住了他，Francis 只好再度回頭。

　　「你叫什麼名字？我們聊了這麼久，都還不知道你的名字呢。」

　　「Fran⋯⋯我叫 Francis。」Francis 吞吞吐吐地回答。

望著向他微笑的兩人,揮手道別。

「那就祝你好運囉,Francis。」

聽母親開口叫喚自己的名字,他趕緊低下頭去,在淚水再次潰堤之前,以最快的速度離開。

看著少年遠去的背影,夫妻倆轉頭望向彼此,接著 Amery 將手放上自己的肚皮,慈愛地撫摸起來。

「Mat。」

「怎麼了?親愛的?」

「我們可以替這孩子取名叫 Francis 嗎?不知道為什麼,總覺得挺喜歡那孩子的。」

丈夫瞪大了雙眼,才哈哈大笑起來,摟著妻子的肩膀進屋。

「我也正想問妳呢,那孩子很討喜,我也希望我的孩子能以我為傲,就像他以他父親為傲那樣。」

Francis 不知道的是,他的名字正是源自未來的自己。

⧖

與此同時,Ray 為了找到 Francis,幾乎都要把全世界給掀起來了,但不論到哪兒去找,都沒有人見過一位頂著粉色頭髮的少年,胸腔底下的心臟因焦急而滾燙著,他惶恐不已,深怕再也無法跟那倔強頑固的少年見上一面。

這個念頭分分鐘都令他益發煎熬。

「還沒找到嗎？都已經找了好幾個小時了！」Ray 對著話筒痛斥，把電話另一頭的人嚇得驚慌失措，但這反應讓他更加焦躁，蠻橫粗魯地下令。

「今天之內一定要找到 Francis！」

求求你，先別離開我，求你了。

已經開車駛遍整座城市的男人在內心默念著，但不論他怎麼問，都沒有誰見過那名少年。

鈴——

然而就在此時，手機突然響起，螢幕上顯示的陌生號碼讓男人像是感知到某種預感般，迅速將電話接通。

「Ray……」

「Francis！你在哪？給我解釋清楚！你到底在搞什麼鬼！」一聽見對方微弱的聲音，Ray 立刻大喊出聲，飽受折磨長達好幾個小時的心臟，這才稍微得到了舒緩，但尚未確定 Francis 是否安全，是否還跟他待在同個時空，他就無法完全安心。

「我在你家附近的小公園，我有指給你看過。」

「你待在那兒，別亂跑！我現在就過去找你！」

得到了明確的目的地，Ray 幾乎是立刻將方向盤轉了九十度，刺耳的煞車聲響徹整條街，後車的喇叭聲也此起彼落，但他毫不在乎，一心一意只顧得了驅車奔向對方所

在之處。

　　不久後，Ray 總算在家附近的公園旁停妥了車，他踏下車，邁步走進公園，銳利的雙眼探尋著那嬌小的身影。

　　他看見了⋯⋯粉色頭髮的小個子少年，那個拗脾氣、愛逞強的孩子，此時正坐在一處鞦韆上，雙手握著吊繩，渙散的眼神投向遠方。

　　發生什麼事了？

　　「Francis！！！」男子大聲呼喚，並向對方跑去。被喚到名字的人還沒來得及轉頭往聲音的來處，嬌小的身軀就被對方緊摟入懷。Ray 閉上眼，將五官深邃的面龐埋入那頭粉紅色的短髮中，在心裡告訴自己。

　　Francis 還被我擁抱著，哪都沒去。

　　「Ray⋯⋯」

　　微弱的叫喚聲喚回了他的理智，他輕輕推開少年的肩膀，打算罵對方知不知道別人多替他擔心，但隨著路燈投射而下的燈光照亮那張臉龐，他注意到那雙藍眼睛浮腫得多厲害。

　　「你為什麼在哭！誰對你做了什麼！」

　　看著他關懷心切的模樣，哭得不成人形的少年只能緊緊抿起嘴。

　　「Ray⋯⋯嗚⋯⋯Ray⋯⋯我見到我爸⋯⋯見到我爸媽了⋯⋯」小小的身子撲進他懷裡，依偎在他胸前，像孤身

被遺棄的孩子般哭得撕心裂肺，令 Ray 只能放下怒氣，輕撫少年的背，但眼神卻更為銳利。他沒想到 Francis 居然找得到自己的親人，這是也否意味著他就要回到未來了呢？

他不由得將那嬌小的身軀摟得更緊。

「我警告他了⋯⋯說他會死掉，但他還是堅持原來的選擇，我媽⋯⋯媽媽肚子裡正懷著我，他們即將要迎接我的誕生，但我明明知道他們再沒幾個月就會死了，還是什麼都做不了。媽媽會在生我的時候難產過世，爸爸會死在戰場上⋯⋯我⋯⋯我該怎麼辦才好⋯⋯」這些話語讓 Ray 陷入沉默，Francis 經歷過的痛苦排山倒海地湧入他心裡，他只能撫摸著對方安慰。

「他知道會死，卻還是要那麼做嗎？」

「他跟我說，我會以他為傲⋯⋯他並不想丟下我，只是想守護我⋯⋯我⋯⋯我不知道⋯⋯Ray⋯⋯我該讓他們白白送死嗎？我是不是其實可以去改變這件事？」

Francis 抬起頭，望向對方的雙眼，他不是無法理解自己的雙親，相反的，他非常明白他們的想法，但終究是無法輕易放手讓他們死去。

聽了他的提問，Ray 沉默片刻，才伸出手，柔情地撫上對方白嫩的臉龐。

「至少你在他們離開前，跟他們說到話了。」

Francis 愣了愣，瞬間恍然大悟，Ray 提的是他自己的事。

　　「我在五年前失去了我的父母和哥哥。」

　　即便 Francis 早已知道這件事，但他沒有說明，只是輕聲地啜泣著，一邊聽著 Ray 將從未向自己揭露的哀傷過往娓娓道來。

　　「我那時剛畢業，正值滿腔熱血的年紀，做什麼事都很享受又投入。你能想像嗎？那感覺就像是美夢瞬間崩毀一樣，我在得知消息的那一刻，覺得又徬徨又無助，覺得全世界只剩我孤獨一個人，不知道該怎麼辦才好，傷心得快失去理智，人生彷彿整個黯淡無光下來。」

　　「Ray……」Francis 輕聲呼喚他，抬起臉直視那雙眼裡所乘載的悲傷。

　　「我甚至想過，他們為什麼要留下我一個人，為什麼死的不是我，讓其他人活下來。」

　　Francis 非常能夠理解，他也曾有過同樣的想法。為什麼活下來的是他呢？讓爸媽活下來不是比較好嗎？

　　「但不管我再怎麼傷心，也知道該靠自己振作起來。我開始管理家裡的事業，像安裝了執行程式的機器人一樣日復一日地工作，人生毫無目標，不知道該為何而活……」Ray 垂下頭去，兩人的額頭抵在一起。

　　「……然後你就突然出現在我的車子前，」

怦怦。

Francis 望進那雙深邃的眼，在裡頭看見了一直被隱藏起來的心意，聽著對方向他訴說的話語，不由得心臟狂跳。

「我才明白自己活著是為了什麼。」

嬌小的少年什麼話都說不出口，只聽得見嗡嗡耳鳴。Ray 現在究竟是在跟他說些什麼？

看著他眼中充斥的困惑，對方微笑起來，伸出雙手將那張白淨秀氣的臉龐溫柔捧起。

「你之前問過，為什麼你要出現在這裡？如果說，你來到這裡，是為了遇見我呢？是為了出現在我面前，成為我黯淡人生中的光芒和指引呢？」男人又將頭往下按了些，兩人的額頭貼得更緊，接著，總是板著臉的人開口道出他自己都從未想像過的話語。

「你不見的時候，我發了瘋地找你，好怕你就要回去了。Francis，求求你，別再這麼做了，別再讓我經歷失去，別丟下我離開。」

「Ray……」Francis 只能喚著對方的名字，望進那雙向自己傳遞情感的眼眸。他又是怎麼想的呢？

若自己回到這個時空，不是為了要改變自己的未來呢？所以爸媽才說，他們會堅持原來的選擇，但要是他來這裡的目的，如同自己喜歡的小說所寫的，是為了和某人

相遇呢？如果那個人就是 Ray 呢⋯⋯

如果那個人是 Ray，而自己是為了與他相遇而來，那他並沒有因此感到不對或不好。

「你來到這裡，是為了做我愛的人吧？」

那是 Ray 不斷向自己探求解答的疑問。

曾幾何時，他只要見到懷中的這個人兒，就會感到一陣幸福。

曾幾何時，他天天都期待回家摟著已經熟睡的少年入眠。

曾幾何時，他快馬加鞭地趕進度，只為了趕回有人與他共享同一個屋簷的家。

曾幾何時，他已經無法沒有 Francis 的笑容和胡鬧了。

「Francis⋯⋯我愛你。」

簡短的一句話，卻深深撼動了對方的心，那雙湛藍眼睛閃爍動搖，接著垂下了視線。此時的 Francis 已經混亂得說不出話，父母的事被他拋諸腦後，一顆心全被眼前男人的告白給填滿。

然而，他的下巴被緩緩抬起，讓他不得不和對方對上視線，與此同時，Ray 正向自己湊得越來越近。

「Ray，我還不知道⋯⋯」

「你不用回答我，我現在只想問，你願意讓我吻你嗎？」那日的承諾再次重回腦海，除非 Francis 情願，否

則 Ray 什麼都不會做。聽著他這番話，Francis 只能看著那雙誠摯的雙眼，接著……以垂下的眼瞼代替回答。

對方的行動讓 Ray 將他摟入懷中，將唇覆上對方飽滿的唇瓣，給予最柔情蜜意的索吻。

在兩人向彼此揭露心意的當下，Ray 在心裡對自己說：我不可能讓 Francis 回到未來。

10

　　在 Ray 對下屬們宣布搜索行動結束後，Jool 和 Yuji 也打道回府，把讓人勞師動眾的 Francis 好好訓了一頓，而一聲不響就搞失蹤的人不發一語地低著頭，完全無法反駁，只能善用自己哭腫的雙眼，眼巴巴地望向自己訓話的人們，低聲嘟囔。

　　「對不起嘛。」

　　不愧是被 Ray 說過邪惡的人，一旦擺出認真懺悔的乖巧模樣，那兩人馬上就安靜了下來，最後也只能嘆口氣，畢竟他們知道，最替這個粉紅頭小子操心的正是自家老闆，那位先生可是陷入了前所未有的失控和焦急，現在還盯著他們，眼神彷彿在說……你們什麼時候才要滾出我家？

　　在兩位下屬離開後，Francis 隨即被對方拖進房間，只能驚慌失措地不知如何是好。

　　只是被拖著走還沒什麼，但緊接而來的進展，是人高

馬大的男子欺身而來，用不太雅觀的姿勢跨坐到他身上，他只能雙手抵住對方寬大的肩，用盡全力替自己爭取公道。

但壓在他身上的人在乎嗎？一點也不。男人嘴唇的熱度已經覆上他的脖頸，嚇得他差點跳起來。

「Ra⋯⋯Ray⋯⋯唔，你要做什麼⋯⋯」Francis使勁扭動著身體，感覺自己現在的處境岌岌可危，滾燙的舌尖在他身上四處舔舐著，讓他渾身發顫。

要死了，我只有當過上面那個，從沒這樣被壓在下面過啊！好討厭！

已經恢復精神的人只能繼續掙扎，但隨著對方火熱的唇持續磨蹭著他的脖頸，他的身體逐漸發軟無力，腦袋也變得混沌遲緩，感覺自己從天黑時分的那一吻開始，就已經心甘情願地淪陷了。但Francis還是在事情繼續發展下去之前找回了自己的理智，接著⋯⋯

啪！

不算是搧對方巴掌，但也相去不遠了，小小的雙手狠狠拍在對方的臉頰上。他抬起對方的臉，用認真的視線向對方表達自己不願意，現在的他還沒摸清自己的感覺，所以不准跳過這一步！他不接受！

然而，在與對方四目相接的那秒，那些準備要破口大罵的話語瞬間就消失在喉嚨裡，對方眼裡所充斥的恐懼刺

得他好心疼。

他在害怕自己又會消失。

「Ray。」Francis輕聲叫喚，放在對方臉上的手安慰地輕撫著。

「我還在這裡，哪都沒去，我還沒回去呢。」嬌小的少年重申，想讓對方確信自己沒丟下他離開，不會像他爸媽那樣突然棄他於不顧。Francis不想讓眼前這名男子傷心。

「但你總有一天要回去的吧？」Ray操著嘶啞的嗓子問，一想到那樣的時刻總會來臨，他就感覺自己無法忍受那樣的失去。Francis聽了便沉默下來。

我還要不要想辦法回到未來呢？

「我……不知道，Ray，我真的不知道。」

在這男人和熟悉的世界之間，他究竟該如何抉擇？

聽了他的回答，對方只慘澹一笑，那是他在談及自己已逝的家人時帶著的笑容，這讓Francis忍無可忍，捧住對方雙頰的手不由得加重了力道。

「不要露出那種表情。」

「那我該擺出什麼表情？明明你也會離我而去。」

Francis愣住了，他的心正在嘶吼著，說他才沒打算拋下Ray離開，也不想傷害Ray，但這樣的話，他說不出口。最後，對方抬起手來，握住他放在自己臉上的手。

「我想說服自己,你還在這裡,還待在我身邊,在我的床上。」

Francis 只想大吼說這不對吧,但 Ray 那樣的視線、那樣的口吻,以及與他交握著顫抖的手,讓他一句話都說不上來。

Ray 愛他,這是他剛剛才得知的事實。

「可是⋯⋯」

「我剛才真的快瘋掉了,Francis,求你了,別阻止我,別再折磨我了,讓我碰你,讓我知道你被我抱著。」

還是老話那句,這傢伙以前絕對是個高手,才會連身為男人的他,都被他的求愛台詞給迷得快要就地融化,Francis 這麼心想。

「但我還沒弄懂自己的感情。」粉色頭髮的少年堅持,即便胸膛底下的器官已經狂跳不止,但他真的要冒這個險嗎?明明就還說不準,自己會不會被沖昏頭而放棄尋找回家的辦法。

看著他的猶豫不決,Ray 在他手背上重重地吻了一下。

「我只問你一個問題。」

聽見對方這句話,Francis 抬起頭,他想抽回自己羞得發燙的手,但卻做不到,只能像被下了咒一般,無法自拔地深陷在那熱烈的眼神中。

「你討厭我碰你嗎？」

Francis 不假思索地搖了搖頭。要是討厭的話，他就不會接受先前那個吻，不會任人把自己拖進房間，在被抓著手的當下更不可能會乖乖躺著不動。得到他這樣的回應，對方臉上展露出不可思議的俊美笑容。

那張笑臉，讓他的心頓時緊揪了一下。

「那就夠了。」

這是 Francis 聽見的最後一句話。接著，火熱的唇覆上他紅潤的唇瓣，將他的所有思緒都吸吮一空，大手鑽到那白皙的脖頸底下緩緩收緊，強制對方接受自己所給予的甜膩觸碰。

Francis 不知道自己怎麼會屈服於這一切，只是不由自主張開了嘴，接下深深探入口中的火熱，在那股滾燙於口腔恣意肆虐的同時，嬌小的身軀也隨之陣陣顫慄。他一邊任由對方掃蕩自己口中的蜜液，一邊情不自禁地抬起雙臂，環住對方健壯的頸子。

Ray 的吻讓他感覺很美好，比他所吻過的任何女孩子都要好。

「嗯……」細碎的呻吟聲自那秀色的雙唇間流瀉而出，Ray 在對方身上的觸碰依然猛烈地進行著，霸道且熱情，像是要藉此確定 Francis 還在這裡。

承受著這樣的熱吻，他的理智也被融解殆盡。

「啊！」在大手自背脊撫過的瞬間，被壓在下面的人不由得拱起背迎向對方，體內的蠢蠢欲動讓他攀住 Ray，向他索討更多的觸碰。

自己剛剛是怎樣地推拒，Francis 早已忘得一乾二淨，此時的他已經在對方給予的觸摸中全然沉醉。

緊接著，大手移動到 Francis 外衣的鈕釦上，將之一顆顆地解開，露出點綴著無價寶石的雪白胸膛，指尖先是隔著柔軟的衣物摩擦著，接著便滑動到衣物裡頭撫摸底下的肌膚，被撫得意亂情迷的人發出輕聲呻吟，他微微睜開雙眼，望向依然沒有停下觸摸的對方。

「Ray……嗯，Ray……」在唇與唇分開之際，難分難捨的銀絲被外界光線照得閃閃發光，反射出方才那吻的迷幻魔力，與此同時，對方的指尖也由不得他喘息，持續挑逗著他的胸口，嬌小的身軀也隨之躁動。

「別……我可是……男人……別弄那裡……」但他越是出聲制止，Ray 反而開始雙手並用地揉捏起來，好像 Francis 跟女人一樣有胸部似的，被挑弄的人只得躺在床上大喘粗氣，一手抬到頭頂揪緊了枕頭，上半身不自覺地前拱。

「啊！」滾燙的呼吸拍打在已然堅挺的蓓蕾上，緊接而來的溼潤觸感開始在那上頭繞圈打轉，湛藍的雙眼緊閉著，熊熊燃起的慾望已經勢不可擋。

「Francis，不要離開我……哪都別再去了。」呢喃在耳畔的醇厚嗓音，將 Ray 內心的懼怕一覽無遺地攤在 Francis 面前，使得他即便嘴上說著不要，內心卻早已如遇火的蜂蠟般逐漸軟化。

只要他願意栽在 Ray 手上，這男人就不會再用那種心痛的語氣說話了，那麼……

Francis 再度用雙手捧起對方的臉龐，這回他沒有再阻止，而是以乘滿了渴求的雙眼，看進對方的眼眸，被吻腫了的雙唇微啟，以顫抖卻堅定的語氣說：

「Ray，做吧，讓你確信我還在這裡，跟你在一起。」

得到他的許可，Ray 將臉緊貼向對方溫熱的手掌，閉上那雙深邃的眼睛，全心感受 Francis 的存在，但這還遠遠不夠。

「Francis，叫我的名字，告訴我，我不會失去你。」男子顫抖著低語，雙手在白皙的身體上來回摩擦著，感受每一吋肌膚的觸感，他撩起包覆在身上的衣物，讓兩人赤裸相貼。

「Ray，我還在……我哪都沒去，啊……啊！」

Francis 呼喊對方的聲音顫抖著，身體開始泛起淡淡的粉紅，他的雙腿被大大分開，感受到溼潤觸感的進犯，不由得高喊出聲，在火熱卻不失溫柔的撫觸之下，他只能以緊繃的雙手揪住床單，雙眼也緊閉著不敢睜開。

到了這時，Francis 身上幾乎沒有哪處是對方的唇尚未觸及的了，遍布全身的艷紅吻痕，昭然揭示著他已為某人所有。

　　「Francis，看著我。」雙手被對方的大手十指緊扣，充滿磁性的嗓音發出誘人的耳語，因過於羞赧而緊閉的雙眼，此時只能慢慢睜開，也才看見那對深色眼眸正對他投以央求的視線。

　　「乖孩子，跟我在一起……哪都別去。」

　　「啊！！！」在乞求發出的同時，兩具身體也合而為一，Francis 只能高聲呻吟，噙滿淚水的湛藍雙眼向上仰望，細看壓在身上那人的神情。

　　對方臉上正同時流露著痛楚和滿足，緊抱著他的身體，自兩人身上滴落的汗珠相互交融，喘息聲此起彼落地交織，以淫靡的節奏推動樂章的進行。

　　「Ray……嗯……我在這裡……哪都沒去……Ray……」他反覆地重申，像是要藉此向對方宣誓一般，聽著他的證詞，對方的動作也益發劇烈，好向自己，同時也是向這具嬌小的身體表明，他不願再讓 Francis 去到任何別處。

　　在樂曲最終的一小節，Ray 彎下身去，將唇瓣覆上對方的額頭，開口傾吐出填滿他心房的低語。

　　「Francis，我愛你。」

　　被男人用這般深情的目光專注凝望著，Francis 真切意

識到了讓 Ray 順應內心去行動有多值得……那道目光只關注他一個人……眼神中充斥無窮無盡的渴求……昭然宣示 Ray 有多愛這個名為 Francis 的少年。

從今以後他該怎麼辦呢？還要想辦法回到未來嗎？還是要跟這個整晚都在央求自己留下的男人為伴？

Francis 到底該怎麼做才好？

搞什麼？那個苦苦央求我哪都別去的男人去哪了？！

次日早晨，帶著渾身痠痛甦醒的 Francis 抱怨起來，他花了整整一分鐘才意會到自己身處何處，手裡正抱著什麼硬邦邦的東西，這才憶起昨晚發生的一切。然而，經過一整晚的纏綿，他非但沒得到半句甜言蜜語，那個強要了他的男人（對！就是硬來的！）還無情地這麼說：

「醒了？睡到都流口水了，跟小朋友一樣。」

啊？這是初次之後該講的話嗎？！

Francis 氣得說不出話，對方接著用手背替他擦拭嘴角，還把沾在手上的口水漬遞過來讓他看，他才趕緊抬起手搗住嘴巴，又羞又惱將臉別向一邊。

沒人教過他不能對剛做過愛的對象說這種話嗎？什麼口水不口水的？

他朝男人怒目而視，只想掄起拳頭灌對方一下，要是做得到的話他早這麼做了。反觀 Ray 這邊，即便才剛經歷過五年以來最幸福的時光，眼神卻也沒什麼變化。

　　其實他老早就醒了，一覺醒來就看到胸前靠著一顆粉紅色的棉花糖，這點是和平時沒什麼兩樣，但 Francis 今天好像抱他抱得特別緊，暖呼呼的身子緊緊貼著他，讓他必須多加把勁去壓抑體內被撩起的騷動感。就這樣望著對方熟睡的臉龐，他臉上的微笑就能持續好幾個小時。

　　等到 Francis 終於醒過來，他實在是忍不住要逗人一番，接著便發現對方又露出了極致可愛的反應。

　　「吃我這招。」把掛在嘴邊的口水抹到他手臂上是怎樣？

　　「很髒耶，Francis。」

　　「你昨天對我做的事更髒啊！！！」對方的一句話讓小朋友當場爆炸。Francis 心想，這次可沒汙衊他，句句屬實，畢竟床上和身上都還留有證據呢。

　　Ray 聽了輕笑出聲。

　　「也是你情願的啊。」

　　不要說那麼大聲！我 Francis 可是知羞知恥的！

　　還有羞恥心的人出拳毆打對方的肩膀，但因為下半身疼得不得了，使出的力道跟螞蟻咬人一樣，挨打的人揚起嘴角，伸手輕撫那頭粉紅色的髮絲。

「我很好奇，你為什麼要染這個顏色？」

「怎麼？你又有什麼意見了？不管！不聽！閉嘴閉嘴！我叔伯總是說染這顏色會被小朋友當成糖果，走到哪都丟臉，那又怎樣？我就喜歡！又沒招誰惹誰！別想逼我換！我不會答應！」他仰起頭，一掃方才的羞赧，趾高氣昂地說。

聽了對方這番自我辯護的宣言，Ray 只得搖搖頭，但老實說，對方元氣十足的說話聲，令他有說不上來的著迷。

一起床就有這麼活潑的聲音不絕於耳，也不是什麼壞事，他自然是不會有意見。

「我沒有要說你什麼，只是想說很適合你。」

對方猛地抬起眼睛看向他，這大概是他第一次被說髮色很適合自己。少年傾身湊上前來，欣喜地問：

「對吧對吧？這顏色超帥的！」

「不是。」

欸？

「是因為很怪，所以很適合你。」

我就說！我就說！我就說！吼！

Francis 氣得想朝著天空揮拳，但還是最想把眼前這男人給暴打一頓，他就知道對方那句「不是」後面肯定不會接什麼好話，果然不出所料，真想張開滿口的獠牙把這人

咬死算了。

　　還是不免有些失落，畢竟某人昨晚還苦苦央求著說別丟下我、待在我身邊、安慰我一下，結果現在呢？呿！老子還是偷偷找方法溜回未來算了。

　　見他的眼神明顯流露著憤慨，感覺隨時都會火山爆發，Ray只是帶著淡淡的笑容，以寵愛的視線看著任性的少年，總感覺有了Francis的存在，他的生活就變得比對方那顆頭還要繽紛亮麗。

　　「我開玩笑的，真的很適合你，適合得要命。」溫暖的唇覆上少年柔軟的前額，讓Francis倏地紅了臉，令他再次陷入手足無措的緊繃狀態，只想對自己大吼。

　　不准害羞啊！像話點！

　　「是因為怪才適合？」

　　「我就喜歡這樣怪怪的，不行嗎？」

　　「Ray！你殺了我算了！到底要激怒我到什麼時候！」Francis煩躁地說，即便對方剛剛親在他額頭上的溫暖一吻，已經多少讓他消了氣，但他還是不太高興。湛藍色的眼眸望向準備自床上起身的對方，接著看向窗外，只見外頭的天色亮晃晃的。

　　「現在幾點了？」

　　「十一點。」

　　「啊？！哇，我的屁股！」一得到答案，Francis就嚇

得彈起來，下一秒又立刻攤回原處，伸出雙手可憐巴巴地揉著自己疼痛的屁股，兩隻藍眼瞪著正在穿褲子的人。他很確信，打從自己來到這裡以來，從沒有在七點之前起床過，但每天早上七點，這男人都已經離開房間了。

也就是說，他已經盯著自己的睡臉看了幾個小時以上？絕對是有病。

但保險起見，他還是開口問：

「Ray，你幾點起床的？」

「昨天很累，所以起得比較晚⋯⋯」

嗯，原來如此，他也才剛醒啊。

Francis自顧自地點點頭。對方走進浴室，卻在門口停下腳步補充。

「⋯⋯大概七點半吧。」

「啊？」埋這什麼爛哏？Francis不禁大聲驚呼，腦袋飛速運轉地開始計算，所以這個面癱男真的一直躺在他旁邊，足足看了他三個半小時？確定自己臉上沒被彩色筆畫圖或黏著什麼奇怪的東西嗎？！

「你就躺在這裡看我睡覺？」不知道，問就對了。他開口追問。Ray回過頭看他，眼神明顯寫著這有錯嗎？同時用低沉的嗓音說：「不行嗎？不就是躺著看自己情人的臉。」

轟！

Francis 不是什麼臉皮薄的人，恰恰相反，還是自信心破百的類型，他才不會這麼輕易就被動搖，他可是頂天立地的男子漢，確信自己喜歡的是女生⋯⋯

　　但這個正要進浴室的男人，怎麼能把我迷得這麼神魂顛倒啊！

　　「唉，還要趁機強調愛我？好喔，我知道了啦！你乾脆講到我羞掉半條命算了！」Francis 奮力捶打著枕頭，哪怕只有一點也好，想藉此發洩自己的挫敗感。

　　他原本就拿 Ray 這個男人沒轍，現在甚至要屈服在他的每一句話之下了。

　　感覺我病得不輕啊。

⧖

　　「只有我覺得時鐘壞了嗎⋯⋯老闆比平常都要晚離開房間呢。」

　　我有沒有說過？Jool 這傢伙最討人厭了。

　　在 Francis 一拐一拐地跟著這個家的主人一同踏出房間時，一早就來到老闆家裡準備上班的人就開口提問。Ray 瞥了 Francis 一眼，才轉身對親信的下屬說：

　　「壞掉的應該是你的眼睛吧？六點跟十一點分不出來？」

Francis 愣愣地看著身旁的高大男人，不知道他究竟是想搞笑，還是想拐個彎罵 Jool，但可以確定的是 Jool 笑得很花癡，而一旁的 Yuji 感覺也努力在憋笑，還乾咳了幾聲。

　　「老闆，你今天心情很好呢。」

　　「有些值得慶賀的事。」

　　「哦，是指昨晚入洞房？」

　　「喂！才不是！」Francis 聞言如芒刺在背般跳了起來，驚慌失措地否認著，還一邊猛搖頭。願意跟對方發生關係是一回事，但讓其他人知道又是另一回事了！難道他是一臉剛失身的樣子嗎？還是 Ray 看起來跟平時不一樣？

　　不對啊！他每天都長這樣吧！

　　「藏不了的，從你走路的姿勢就看出來了，脖子上也有痕跡，別跟我說那是蚊子咬啊，四十五樓沒有蚊子的。」Jool 逐一舉證，因為他的敘述太有畫面，聽得被巨型蚊子咬了的人只能轉過頭去，咬牙切齒地瞪著 Ray，湛藍色的雙眼浮上了烏雲，同時在想，嘲笑他的人跟害他變成這樣的罪魁禍首之間，該先揍誰才好。

　　「Ray！都是你啦！」

　　「你這種反應就表示……被我說中了？」

　　啊！！！被這傢伙耍了！

　　Francis 張口結舌地看著下了結論的男子，對方還一邊

向他挑眉,一副十分享受玩弄他的樂趣,令少年只能握緊拳頭,轉向昨晚唯唯諾諾地向自己懇求的人。

「Ray,你看你的手下啦!」

「Jool說的也沒錯啊,我有必要罵他嗎?」

這個做老闆的也一樣討厭!

Francis只能在內心張牙舞爪地暴跳如雷。還以為對方會寵著自己呢,結果哪有這回事?Ray在下屬面前還是那副死樣子,跟昨天那個沒有他就活不下去的模樣完全不是同個人。白白淨淨的小臉蛋逐漸扭曲,顯然隨時都要爆發,Ray只好握住他的手,負起責任結束這個話題。

「好了,我餓了,而且現在也很晚了⋯⋯Jool,你就別再欺負Francis了。」Ray轉頭對下屬說,而收到指示的一方則露出了戲謔的眼神。

「雖然不是很想,但既然老闆有令,我也只能照辦了。」

「就算不是老闆的命令,也不該欺負我吧!把我當什麼隨時可以耍著玩的玩具嗎!」Francis氣噗噗地質問,對方只能大笑以對,向他微微彎了下腰,表示自己真的認輸了,不是因為老闆下命令的關係。此時Yuji也走到戀人身旁,將手搭上對方的手臂。

「時候差不多了,別玩了。」

Francis難得對這位祕書投以感激的目光,但這樣的時

刻持續不了多久，在 Yuji 再度開口時，他的感謝也戛然而止。

「粉紅色跟紅色不搭，看著不順眼。」

「誰粉紅色！誰紅色啊！」僅僅這句，Francis 又被激怒了，粉紅色絕對是在說他的頭髮，至於紅色，無庸置疑地是在說他紅通通的臉。好啦！不搭就不搭，有必要這麼損人嗎！

哇！這個眼鏡仔真的好討厭！

在眾人的笑容和笑聲中，Ray 抬起手環住少年瘦削的肩，帶他走向飯廳，並在他耳邊輕聲低語：

「謝謝你。」

「謝什麼？」但少年再怎麼問，Ray 都只是沉默以對，含著笑意望著對方。他沒有說出口的是，他好感謝對方讓他的生命再次擁有歡笑，而有了 Francis 加入的早餐，更是充滿溫暖⋯⋯讓他整顆心都暖呼呼的。

真的很謝謝你，來到過去與我相遇。

11

「Ray，你都不會想放鬆一下嗎？ relax、relax！沒聽過嗎？」

「唉，Francis，你沒看到我在工作嗎？」

「就是看到了，才問你知不知道什麼叫放鬆啊。」

午夜時分，為了等待某人回家而訓練自己晚睡的人，正托著下巴盯著坐在電腦前工作的人猛瞧。若他只是看著也罷，但在旁邊一直問個不停，實在是非常打擾人。

「我知道，但工作還是要先處理完。」

「吼！你這人真的很無趣耶。」

對方成天除了工作，就是工作和工作。Francis 只能暗地埋怨，要不是對方凶起來的視線足以殺死人，他大概會把那些文件抓過來，親眼見識一下到底有什麼好看的。而他之所以想這麼做，並不是以擾亂對方工作為樂，完全是出於擔心。

有人說每週會挑三天回家吃飯，的確是有見他回家沒

錯，但回來之後卻總是窩在公文堆裡，看在 Francis 眼裡可是再掃興不過，尤其是他才二十歲，能做的事可多了，並不想成天只是蹲在家裡看書。

這下 Ray 總算放下手中的文件，將視線投向直嚷嚷著無聊的某人。被他這麼看著，Francis 也只能癟癟嘴嘀咕。

「你要是再只顧工作，我就要去找其他人玩了喔，你等著瞧。」Francis 十分確定，自己這樣的威脅一定會奏效，Ray 雖然成天頂著一張麻木不仁的臉，但對他的操心和吃醋還是少不了的。

說到這個，必須舉例給各位聽聽。

比方說，他上次去電子遊樂場尋找回家的線索，連當代遊戲都玩得駕輕就熟的 Francis 而言，舊時代的遊戲又算什麼呢？打電動時自然是吸引了不少人來圍觀，還有人上來誇他，因為聊得太起勁，還想邀他到家裡作客——要不是 Ray 說了一句：

「想打電動的話，我買回家給你玩，不用去別人家。」

好喔，Francis 很樂觀的，面對這件事，他唯一能做出的解讀，就是對方在吃醋。

還有，昨天他出門買零食的時候，正巧碰上一對父子的爭執，大致就是小朋友想買糖果，但爸爸覺得糖果一點好處都沒有。見父子倆吵個沒完，他便上前多管閒事，帶著燦爛的笑容威嚇小朋友，說糖果吃多了會有一口爛牙，

頭上還會長角,那就是魔鬼要來占據你身體的前兆,把孩子嚇得立刻閉上嘴,做爸爸的則是對他讚不絕口,甚至還跟他要電話號碼。

誰知好巧不巧,Ray 正好在這時回家,豪華轎車停在便利商店門口,下車便把他給拖回車上,還不忘回頭對那位爸爸說:「你也老大不小,連孩子都有了,你老婆是不是沒把你管好,才會讓你在這邊騷擾年輕人?」

這完全是想找架吵吧?罵人家就算了,連他老婆也一起罵。這般行徑,Francis 還是只能理解成是吃醋。

綜觀上述的種種事件,要是他去跟其他人勾勾纏,一定能讓 Ray 擔心到放下手邊工作的。

「你試試看啊。」

「什麼啊!是誰說愛我的!」然而,對方只是低頭繼續工作,Francis 氣得抬起頭對他怒目而視。

「你頂著那顆頭,沒人會想跟你扯上關係。」

這又跟他的髮色有什麼關係了!想在這裡待下去,一定要讓它變回金色就對了?!在他所處的時代,早就存在永久性染髮的技術了啊!不像這個年代,染個頭髮還得一直回美容院補染,甚至不知道顏色能維持多久呢。

「你要我試試是不是?遊樂場那些弟弟的電話號碼,我都還留著喔。」

對方手裡的紙張隨著緊握的拳頭而皺起,Francis 都看

在眼裡，但還是繼續用漫不在乎的態度說下去。

「你說我髮色很怪異，所以沒人會對我感興趣，說也奇怪，那個爸爸感覺很想搭訕我呢，可能他就是喜歡我這種怪人吧？」

呵呵，拳頭更緊了，吃醋就說啊，占有慾爆發就講嘛。

「我對男人是沒有特別的興趣啦，但既然跟我交往的男人不肯看我一眼，我也只能去外面找別人了，反正也沒差嘛，等我回到未來的世界，也不會有人記得自己曾經跟我開心過⋯⋯對吧？」語畢，他還擺出超甜的笑容，得意地揚起下巴，心想，自己要的東西絕對手到擒來了。

Ray做了個深呼吸，將文件放到桌上，轉頭望進那對湛藍的雙眼，這小子今天感覺做好了萬全準備，才會把他逼到這個地步，對方越是清楚自己對他的情感，就越是不打算放過他。

看到Francis跟其他人在一塊，他自然是會吃醋，但激到他的並不是Francis說要去找其他人，而是對方搬出要想辦法回家來要脅他。

「好啊，那你想怎樣？」他輕輕按著自己的太陽穴，手總算離開了文件，心裡清楚大概有好幾個小時不能繼續工作了。

哼哼，拿我沒轍吧。

Francis 在心裡暗自竊喜，呵呵地笑著，接著提出明確的要求。

　　「一起出去玩。」

　　好啦，他承認自己只是想跟 Ray 出去，就是需要個藉口罷了。

　　「我得工作⋯⋯」男子皺起眉頭，但這一局終究是對方占上風，Francis 掛著燦爛的笑容，高高在上地說：

　　「明天陪我去遊樂中心。」

　　「唉⋯⋯禮拜六吧。」Ray 好不容易才開口回應。經過一番高速的腦內計算，總算從自己忙碌的行程之中排出一點時間，可以帶這枚死纏爛打的小朋友出去玩，但他還有附加條件。

　　「只有半天，要等下午之後。」

　　「也不錯，好啊，那我不打擾你了，先去睡囉。」一得到滿意的結果，Francis 立刻站起身，準備回房睡覺，卻被對方扣住了手腕，只好轉身對上那雙深色的雙眼，一注意到對方的眼神，粉紅色的頭毛幾乎都要豎起來。

　　我是不是不小心在老虎頭上拔毛了？

　　「啊⋯⋯你不是說要工作嗎？我就不打擾你了，放手啊。」為了自己的人身安全，Francis 努力想從對方的禁錮中逃脫，但對方哪裡肯放了他？Ray 自辦公桌邊站起身，開始將人往臥室帶去，Francis 驚慌失措地叫起來。

「不是說要工作嗎！放開我！」

「你已經吵到我不能集中精神了，不是問我知不知道什麼叫放鬆嗎？我們現在就去放鬆一下。」Ray勾起嘴角，斜眼看向對方，Francis呈現片刻的目瞪口呆，然後……繼續大叫。

「不要！！！我不要！我不要這樣的！」

Francis自然是要死命哀號的，畢竟Ray所謂的放鬆方式也就那幾種，別說讓身體得到放鬆了，根據過往的經驗，他很清楚自己要承受什麼折騰。

乾脆殺了我，明天還有想看的節目呢，不想晚起啊！嗚嗚嗚……Ray真是氣死人。

雖然心裡是這麼想，但等事情真的發生……他還是欣然接受了。

⏳

「第三個。」

「嗯？你說什麼？」

Francis坐在速食店裡，用吸管戳弄著杯裡的冰塊，天藍色的眼睛投向一方，接著皺起眉頭，口中喃喃自語。答應跟他出來吃午飯的人坐在對面，抬起頭看著他。

「沒事啦，你吃吧，不是剛剛才從公司出來嗎？一定

很累，吃了這個元氣滿滿。」說完，嬌小的少年便堆起滿臉笑容看著對方。Ray 今天很乖地把西裝外套、背心和領帶都留在車上，只穿著襯衫跟西裝褲……真是太帥了。

沒錯，就是因為太帥，出現在這種速食店實在太顯眼了，惹得經過的女孩們都不斷朝他送秋波。Francis 不禁心想，早知道就去對方提議的高檔餐廳了，但再仔細想想，在速食店裡，Ray 只是被穿迷你裙的辣妹盯著看，要是去了高檔餐廳，可能還有身穿晚禮服、婀娜多姿的美女上前來挽住 Ray 的手呢。

還是現在這樣好應付得多。

「的確是不錯。這就不意外了，原來我最近不在，你都自己出來吃這些啊……難怪胖了。」

「亂講！！」

一被說胖，Francis 立刻就心虛地摸摸自己的小肚子，他很確定增加的體重還沒明顯到反映在外表上，但看著對方拿起漢堡，帶著狡黠的眼神衝著他一笑，他還是不免皺起了臉。

「我開玩笑的，到昨天為止都一樣，我檢查過了。」

「檢查什麼啦！講話小心點！」聽到這裡，Francis 便不由得想起陪 Ray 放鬆的過程，雙頰立刻燙得發麻。他實在是好恨自己，怎麼能這麼輕易就順著對方？不過是被親一下、摸一下，就軟得一塌糊塗，怎麼想怎麼羞恥。

但 Ray 只是對他聳了聳肩。

「你也知道我是怎麼檢查的。」

心知肚明的人頂著紅通通的臉別過頭去，因此注意到店內角落一位女孩的視線，讓他忍不住張大了眼睛。那女孩染著深棕色頭髮，緊身衣物凸顯著姣好的體曲線，不是普通地漂亮可人，而且正用意圖相當明顯的視線盯著 Ray，尤其跟 Ray 坐在一起的還是他，對方一定覺得是哥哥帶弟弟出門。

吼！穿越回舊時代就有這種困擾，在他的年代，挽著手約會的男人遍地都是。

她走過來了！Francis，快動腦想想辦法啊！

「你怎麼了？感覺坐不住？」見他四處張望個不停，Ray 於是先開口問，Francis 只好倏地回過頭來，眼角餘光繼續留意著那名婀娜多姿地走向他們的女子。雖說被問及對 Ray 的感覺時，他總會一個勁地否認，但都願意跟對方同床共枕到這個地步了，怎麼可能沒有愛呢？

即便還沒摸透自己的心，但 Francis 很清楚，要是一點感覺也沒有，他是不會這麼慌的，而且這個月的十五號就要到了，他卻還沒想辦法要回家，就是為了在 Ray 身邊再待久一些，甚至覺得自己或許……不會再回去了。

所以……誰會讓別的女人來插一腳啊！

「Ray。」少年突然伸出雙手，捧起男人的臉頰，一邊

向對方越靠越近，讓周圍盯著他們看的女孩們都呆了，而Ray 也困惑地抬高了眉毛。

「做什麼啊？」

聽見對方的疑問，Francis 甜甜一笑，意味深長地盯著男子的嘴角，接著湊上前……

「Francis。」男子自喉嚨裡擠出一絲呻吟，對方柔軟的舌探出來舔了舔他的嘴角。霎時，整間店裡的人陷入了震驚，幾乎是不約而同地將視線集中在兩人身上，但Francis 只是輕輕舔了一下就向後退開，靈動的雙眼帶著得意。

「嘴角沾到東西了，幫你擦掉。」他回自己的座位上坐好，先是偷看了那名目瞪口呆的女孩一眼，才扭過脖子，面向與自己同桌的男子。

哼。

「Francis，別再這樣了。」然而，對座的男子只是冷淡地說。

「嗯？」他轉頭看向對方，心裡很不是滋味，為什麼不能宣示一下主權？Ray 不也都這樣嗎？

「應該找間旅館，享受你想做的事才對。」

怦怦。

「知……知道了啦！真要命……你這傢伙以前絕對是高手中的高手啦！」Francis 滿臉通紅地心想，Ray 在失去

父母和兄長之前，一定是個花花公子，每說一句話都讓他渾身發熱。對方或許沒自覺，但感覺最近的 Ray 情緒更豐富，臉上的笑容也增加了，讓他顯得更有魅力。

「那你就準備當快樂單身漢吧。」

「你認真的？」

粉色頭髮的少年知道鬥嘴鬥不贏，只能自討沒趣地癟癟嘴，而男子則是呵呵笑了起來，伸手輕撫他的髮絲。

「開玩笑的，我只要跟你在一起就很開心了。」

少年瞥了他一眼，感覺兩頰發燙得更厲害，小小的心臟也跳得飛快，只好垂下視線。每次出門在外，對方總是板著一張臉，像這樣對自己投以溫暖的視線，實屬難得。

「知道了啦。」他一邊說著明白，一邊差點守不住上揚的嘴角。

跟這個男人在一起，活在過去也不是什麼壞事呢。

⧗

「你的腦子在想什麼啊？我還以為是要找我出來看電影聽音樂，結果你所謂的放鬆是這個？」

「沒錯～～就是這個，這就是我放鬆的方式。」

運動中心裡，Francis 身穿短褲和過大的網球衣，正在為下場認真熱身，Ray 看著眼前的少年，不禁直搖頭，接

著低下頭，端詳了一下被對方打理得全副武裝的自己。

他剛才就懷疑 Francis 那個大包包裡都裝了些什麼。

「多運動，睡眠品質才會好。」Francis 一邊帶著燦爛的笑容，一邊抓起網球拍。他已經好幾個月沒打網球了，雖然邀過 Jool 陪他打，但對方總是說不來、好累、自己是看護不是褓母，不管他怎麼磨就是不肯來。

「你感覺很有信心嘛。」

「當然，我在學校可是網球隊，小打一下簡單啦。」

聽對方這麼說，Ray 也被挑起了興趣，伸展了筋骨，然後拿起向運動中心租用的網球拍踏上球場，雙眼顯得炯炯有神，看得原本信心滿滿的少年頓時有些心虛。

他該不會很強吧？

「小心囉，我會讓你吃 love（注）的。」他決定在氣勢上先發制人，逗得 Ray 差點笑出來。

這小子覺得我拿不了分啊？

他如是想著，然後開口淡淡地說：

「我現在就已經愛你愛得不得了，應該沒辦法再愛更多了……但我還是會讓你愛我的。」

這番話聽得 Francis 渾身一震，明明就是在說網球，怎麼扯到這裡的？但他還是冷靜下來，看著 Ray 走到球場

注：網球比賽中的零分發音為「Love」，出自法文中的「l'oeuf」，意思是零。

的另一側。

「要開始囉，Francis。」

打從那一秒開始，Francis 便學到了一個教訓——絕對別隨便輕忽 Ray Maclas 這個男人，因為對方就算有愛，也不會對戀人手下留情。

⌛

「不管！！！不管！！！我不認！！！」

連打了好幾場，都是發起挑戰的一方戰果慘烈，吃下了好幾顆蛋，好在 Ray 最後幾局有稍微放水，讓他拿下幾分，但他終究是贏不了。終場，累得像條狗的 Francis 癱倒在場邊氣喘吁吁，全身大汗淋漓，而勝利的一方則是掛著寵愛的笑容向他走來。

「還行嗎？」

「你很過分！」少年指著低頭看向自己的人，悶悶地說。

「哪裡過分了？」

「你都不讓一下，不是說愛我嗎？」聽見這番話，深知對方性格的人只是笑了笑。

「要是我讓你了，你又會嚷嚷說為什麼要放水吧？」沒錯，對方生性就愛大吼大叫，他再清楚不過，卻也從不

因此感到厭煩,甚至很喜歡胡鬧耍賴的 Francis,感覺他為自己平靜的生活增添了許多意想不到的色彩。

「你就裝得像一點啊!差一點就能打到的那種,不是顧著用全力揮拍,我的腳就這麼長,要追著球跑已經很累了耶……我認真問,你真的沒當過運動員?」其實 Francis 在見識過對方的身材後就開始好奇了,Ray 身上明顯的肌肉線條,完全是個有在運動的人,難以想像他成天都只坐在辦公桌前工作。

「學生時期有打過,後來就沒再打了,就是進健身房流流汗而已……整天坐著不動,壓力也蠻大的。」

「你還知道壓力兩個字怎麼寫啊?」Francis 刻意瞪大了眼睛,嘲諷地說。面對心上人的窮追猛打,Ray 只能搖搖頭。

「我不管啦!我累了,你去幫我買喝的,誰叫你要贏我。」Francis 一邊在地上打滾,一邊耍性子,對方只好挑了挑眉,蹲下身去。

「不是輸家該服從贏家才對嗎?」

「Ray!」這聲怒吼已足以說明 Francis 的氣急敗壞。男人微笑起來,伸手輕輕摸了摸對方的頭。

「我去幫你買,但無關乎輸贏,單純是因為我想為你這麼做。」

「那就快去啊!話這麼多。」聽到這裡,被摸頭的人

立刻翻過身去，努力壓抑口氣中的動搖。但對方怎麼可能不注意到呢？因為少年白皙的耳朵明顯紅了起來。

總是這麼可愛。

Ray 這麼想著，起身去買水了。躺在地上一動也不動的人用視線偷瞄著，確認對方走遠後便坐了起來，雙手摀在劇烈震盪的胸前，感覺心臟承受的負荷已經超載，最令他心煩意亂的是，他和 Ray 之間的羈絆正在一天一天地加深。

不敢相信，自己居然不想回家了。

「叔叔、阿伯……如果我不回去，會怎麼樣嗎？你們兩個人能活下去吧？」

Francis 心想，或許是時候該好好思考了，這樣成天猶豫不決，一點都不像自己。而讓他舉棋不定的罪魁禍首本人呢？這……

哇！我才稍微沒留意耶！

Francis 幾乎要跳起來，原本還陷在深沉的思緒之中，卻被眼前的景象給擾亂了心情。瞥見正朝他走來的 Ray 被一位身穿迷你網球裙的女孩搭話，女孩臉上的笑容和眼神，就連身為男人的他都看得出來是在獻殷勤，一股怒氣自胸腔油然而生。

「啊！？那是怎樣啊！」看見女孩試圖想往 Ray 手裡塞什麼東西，Francis 都炸了，在 Ray 準備脫身往這邊走

來之前，女孩甚至還用手指摳了摳他的胸膛，那又在幹什麼？！

因此，在男人帶著兩罐水回到球場邊時，只見粉色頭髮的少年雙手抱胸，對他怒目而視，嘴裡也像在詛咒誰似地念念有詞，而他很確信，那個誰就是自己。

「你怎麼了？」

「沒啊，怎麼不繼續跟那女生聊天？人家感覺很喜歡你呢。」

Ray 愣了愣，在他身旁坐下，然後將水放到方才直喊累的人的大腿上，好笑地說：「吃我的醋？」

「神經病！我哪裡會吃醋？不可能的！我幹嘛吃你的醋啊！」

對啦！我就是一整天都在吃醋，誰叫某人這麼魅力四射、這麼帥氣不凡，明明就是個面癱，還有一堆女生要貼上去，現在的女人是怎樣啊？看到帥哥就把持不住嗎？一個個都這麼大膽主動。

Francis 一如既往地在內心嘀咕著，速食店裡就遇到了三、四個，路上又碰到兩、三個，去逛街時倒是還好，她們只用眼睛看而已，但剛剛那女的也太直接了吧？居然直接上手了，這個人可是名草有主的！

看著心上人分明已經火冒三丈卻還是說著沒事的模樣，讓 Ray 的視線不由地溫柔起來，甚至還露出愉悅的光

輝，畢竟對方的舉動實在是太可愛了。

　　Francis能表現出和他一樣的情感，他好開心。

　　「Francis。」

　　「怎樣啦！」怒火攻心的人沒好氣地說，卻只是換來對方輕聲一句話。

　　「你轉過來。」

　　聽見這句話，Francis遲疑片刻，才轉過頭去，等著看這成天只顧著拚事業的工作狂打算怎麼哄他。

　　「和好嘛？」

　　怦怦。

　　要是⋯⋯他在求和的同時送上甜蜜蜜的一吻，在大庭廣眾下向眾人宣告他們是什麼關係，他大概立刻就會氣消了，但Ray只是遞給他一顆草莓口味的糖果，像在哄三歲小孩一樣，反倒讓他的怒火燒得更旺了。

　　「先別生氣嘛⋯⋯來點甜的，心情會比較好。」Ray邊說邊偷笑，看著Francis氣到快要撲上來掐住自己的脖子，卻始終不肯接過那顆糖果，他將手放了下來，取而代之的是⋯⋯

　　啾。

　　「還是你要這種甜甜？」

　　「別多問！想幹嘛直接做啦！」

　　Francis沒有回答他的問題，只是伸手將對方的脖子往

下按,主動貼上對方迷人的唇,甚至還挑逗地張開了嘴。Ray 也伸手勾住那細膩的頸子,在那令他深深著迷的口中汲取甜蜜的滋味。

　　此時的景象,就連隔壁場地的人都瞪大了眼睛看向他們,Francis 帶著狡黠的笑容偷瞄那名紅髮女子,擺出高高在上的勝利者姿態,用放在 Ray 背後的手揮手驅趕,直到對方扭頭離開,他才露出滿足的笑容。

　　我才不是怕羞的人呢,就是得這樣哄,我才會開心。好了,現在大家都知道了吧?這個人⋯⋯是屬於我的。

　　Francis 這麼想著,但他沒有注意到的是,Ray 正將手中的紙捏得更緊,同時也收緊了臂彎,將沉浸於濃情蜜意的少年摟向自己,儘管那張紙條上所寫的⋯⋯並不是女子的電話號碼。

12

……再不適可而止,你跟你的人都要小心了……

那張紙條被擱在辦公桌上,兩位親信已經湊上前去看過了。這樣言簡意賅的一條訊息,讓他們臉上都浮現憂慮的神色,但最為焦慮的,莫過於坐在桌前,沉重嘆氣的那名男子。

「老闆,這件事打算怎麼辦呢?」Yuji 已做好聽候一切吩咐的準備。做老闆的盯著那張昨天被塞進自己手裡的紙條,眼神毫無情緒,內心深處卻充滿焦急。他擔心的對象不是自己,而是他的人兒。

昨天 Francis 渾然不覺,他們出去玩的一整天,都有一群人在監視著他們。他已經交代過下屬,要做好迎接各種突發狀況的準備,也老早就想過會有這類事情發生,沒料到的是,這會發生在他戀愛的時候。

會碰上這些事,是選舉過後的餘波。新政府想推動市容整治計畫,身為地下幕僚的他被牽扯進來,自然是在所

難免。由於 Ray 的經商原則是不剝削普羅大眾，對於某些想讓老城區居民強行搬遷，甚至想在綠地開發違建案、藉此牟利的提議，他自然是不予苟同。

於是他成了某些人的眼中釘。

「我還不知道他們是只會吠的狗，還是真的會咬人，但我不會輕看這件事的，你們也知道，我並不是擔心自己……」Ray 說著壓低了音量。現在最常待在他身邊的，莫過於某個拗脾氣、現在應該正在家裡呼呼大睡的孩子。

「我會盡力把 Fran 先生照顧好。」綠瞳男子態度堅定地說。

「要顧到最好，你也知道，Francis 對我有多重要。」

「我明白，絕對會把你的心之所屬照顧好的。」在這凝重肅穆的時刻，Jool 還是不忘開玩笑。Ray 微微勾起嘴角，但眼睛完全無法跟著笑。

除了要擔心不受控的 Francis 哪天會溜回未來之外，現在還得煩惱對方在這個時空的人身安全。他身邊總是跟著個粉紅色頭髮的少年，這件事已經越來越廣為人知。

「這件事不要讓他知道，我不想驚動他。」即便對那孩子而言，直接警告是最有效的，但他深怕對方一旦得知，就不會想繼續待在自己身邊，搞不好還會就此遠走高飛，逃到他想追也追不回的地方。

只要 Francis 受到任何一點傷害，哪怕只是擦傷了小

指，Ray Maclas 發誓，他都會竭盡報復之能事對付敵人。

　　唯一能碰 Francis 的人，就只有我。

　　他思索著，一邊將那張紙條捏爛在手心。

⌛

「最近怎麼這麼多人在家裡進進出出啊？」

　　Francis 注意到這些天以來，在這個家出入的人不再只是屋主、祕書，以及他的綠眼死對頭跟幫傭們，還多了許多身穿黑西裝的男子，就連踏出門時，都能看到他們站在門口，要他不有所意識到都難。

「最近有什麼重大事件嗎？也沒有啊。」

　　他頂著那雙藍色的大眼睛自問自答，對於今年度會發生的所有大事，他記得一清二楚，也都告訴過 Ray 了。在這一年裡，不會有誰闖入這個國家作亂生事，也沒有出現什麼瘋狂殺人魔，會需要加派滿屋子的保鑣。

　　他終究是按捺不住好奇心。

「Jool。」

「我在忙呢。」

　　Francis 狠狠瞪了對方一眼，才開口叫了一聲，就立刻被回絕，這位西裝看護的確是正在準備為他們兩人做午飯沒錯，但他也才剛套上圍裙而已。

「你哪裡忙了？」

「全身上下都很忙啊⋯⋯手要忙著圍圍裙，眼睛要看綁帶，鼻子要呼吸，皮膚要感受陽光，嘴巴還要回你呢，所以我現在沒空，想玩的話就去其他地方玩吧。」

吼！！！根本是在耍人嘛！皮膚感受陽光是什麼鬼？！你是什麼熱帶大蜥蜴嗎！

Francis 惱怒地癟癟嘴，已經在這兒住上了幾個月，但對方還是跟第一天一樣愛作弄他。沒能得到自己想要的答案，Francis 於是跳到椅子上，用湛藍的雙眼一語不發地盯著對方，彷彿在用視線告訴對方：不回答我的問題，我就哪都不去。

「你就繼續盯吧，盯到明天我都沒空。」

「你不是沒空嗎？怎麼還能回我話？」

「就是因為嘴巴要忙著回你，所以才沒空啊。」

給我等一下，到底是我太笨，還是 Jool 的大腦太複雜？

Francis 只能頂著怪異的表情，看著對方開火後放下鍋子，心想再執著於對方到底有沒有空，一定會繼續被 Jool 呼嚨的，他決定直球對決。

「Jool，我問你⋯⋯」

「你的煎蛋要甜一點嗎？」

「要，我最愛甜的。」還沒來得及提問，Jool 就搶先

拋出了問題，他大力點頭回應，接著不免皺起眉頭。

「喂！你幹嘛轉移話題啦？」

「夠聰明的話，就自己把話題接回去啊。」Jool 笑著說。被暗諷是笨蛋的人只能坐在椅子上甩著腳，看著對方繼續準備午飯。既然 Jool 不回，那他也只能問到 Jool 回答為止了。

「Jool，最近怎麼這麼多人在家裡進出啊？這間房子要賣了嗎？才會一直帶別人進來看房子？」

Jool 一聽便向 Francis 投以異樣的眼光，他開始懷疑 Francis 腦袋運作的邏輯了……什麼人來買房都穿同款的黑西裝啊？他搖搖頭。

「如果你想到的就是那樣，那我老闆還真可憐，居然跟你這種思考短淺的人交往。」

「想打架是不是？」

「我穩贏的。」Jool 晃了晃腦袋，看向氣噗噗的對方，最後還是忍不住笑了出來，每次被激怒都這個反應，才會讓大家都想惹他生氣呀。就連 Yuji 都說，哪來的人都二十歲了還整天像小朋友一樣，要是讓別人撞見了，怕是會被人家說 Ray Maclas 在跟乳臭未乾的小鬼談戀愛呢。

嘴上雖那麼說，其實大家還是很疼愛 Francis 的。

「那來打打看啊？」

「要是連網球都沒辦法從我老闆手上贏下一局，就別

挑戰我了，只會白白受傷的。」

啊！！！真想殺了這個綠眼仔！就會瞧不起人！

百般不悅的人氣惱地托著下巴，一轉過頭，又見一名高大的男子穿過廚房，從另一個方向消失無蹤。

他們到底在這間房子裡走來走去的做什麼？

見對方還是好奇個沒完，Jool 很清楚，Francis 沒得到答案是不會善罷甘休。最後他只好嘆了口氣，以平淡的口吻說：「他們是來檢查保全系統的，老闆怕家裡的鎖被某個手賤的人玩壞，都已經二十歲了，還對著大門的密碼鎖亂按，看要錯幾次才會鎖死，怎麼會有人做這種事呢？」

聽對方這麼說，調皮的孩子只能尷尬地笑笑，要不是 Jool 只是無奈地盯著他看，他都想趁機從廚房淡出了。說起這件事，就得將時間倒轉到上個星期。

Francis 很無聊，Ray 回家得晚，他左看看、右瞧瞧，都沒事情好做，只好盯著家裡的電子鎖看了許久。即便他現在已經知道密碼，還是不免好奇，究竟要輸錯幾次，警報聲才會響起呢？

於是幼稚的 Francis 伸出手，開始滴滴滴地亂輸了四次密碼，到了第五次時，整間屋子便響起了有如火災警報的警鈴聲，把他嚇得不知所措，還來不及像上次打破碗盤那樣逃之夭夭，Jool 就一臉猙獰地現身了。

最後他被訓話了一個小時，本以為屋主會接著繼續罵

的,但 Ray 知道後只是臭著一張臉,嘆了口氣,將手放到他頭上。

「別再這樣玩了。」

Ray 會是這個態度,也不令人意外,畢竟 Francis 會可憐巴巴地眨著眼睛,牽起對方的手甩來又甩去的,使盡渾身解數撒嬌討好。那天 Jool 對自家老闆氣到不行,指控他就會護短,但那又如何呢?這是他身為戀人的特權啊。

「所以這是我造成的?」

「你這次很聰明嘛。」

「吼,你一個禮拜到底要罵我笨幾次啊?你就很聰明是不是?」Francis 酸不溜丟地反擊,但 Jool 只是微笑以對,讓他更不爽了。

「你不知道?要成為老闆最親信的下屬,沒有真本事是辦不到的,就算我只是他的貼身看護兼半個醫生,但這份工作可不是隨便就能到手,只有優秀的人才能待在老闆身邊,例如 Yuji 就拿了三個學位,三個都是不同領域喔,可說是文武雙全。老闆唯一幹過的糊塗事,大概就是挑了你這樣的戀愛對象吧。」

「喂!你又在罵我!」

「所以你承認自己是我老闆的戀愛對象了?」

見對方這樣咄咄逼人,最近越來越囂張的人微張著嘴思索片刻,接著便抬起頭來,將雙手抱在胸前,沒好氣地

回應:「整個晚上都在嗯嗯啊啊,你還沒聽出來的話,可稱不上聰明喔。」

「是,聰明人,容我這個笨蛋告訴你,老闆的房間是有隔音的,你就算浪叫到天邊,我也聽不見。」

好想宰了這傢伙啊!!!

Francis 握緊了拳頭,原本以為丟掉臉皮正面迎擊就能獲勝,結果卻不是這樣,反而有種一敗塗地的挫敗,只能默默將臉別向一邊,準備去旁邊看書了,然而⋯⋯

鈴──

「喂?老闆?」

一聽見來電人是誰,Francis 立刻轉頭去看,天藍色的雙眼閃閃發光,還一邊伸長了雙臂,跳跳跳地想把電話討來聊上幾句。打從上次出去玩之後,他就幾乎沒見著 Ray 了,即便他每天晚上都硬撐著沉重的眼皮,直到不知不覺睡去,卻還是等不到晚歸的戀人。

好啦,他不否認自己在犯相思。

「Jool,你最帥了,讓我聽一下嘛～～」

「Francis 在做什麼?」

奶聲奶氣的撒嬌聲傳進話筒,讓電話那頭的人不禁疑惑起來,心想戀人是不是又惹了麻煩,便嚴肅地向 Jool 詢問。Jool 揚起嘴角,開口向老闆匯報。

「沒什麼,就是想討拍罷了。要是他用小狗眼神跟我

撒嬌、立起耳朵、狂搖尾巴的話，我可能會心軟吧。」上述內容根本算不上匯報，只是陳述自己的需求而已吧？Francis 握起拳頭，只想痛斥電話另一頭的面癱男，要打電話怎麼不打進家裡，或買支手機給他也好啊！

　　好啦，我就想聽他的聲音嘛。

　「Jool～～」

　「等等啊，我要先做點準備。」

　　當他正準備使出渾身解數，就先被 Jool 開口阻止了，Jool 立好手機，在保持跟老闆通話的狀態下打開鏡頭。得知 Francis 好好的，Ray 鬆了口氣。雖然其實他也挺想欣賞對方立起耳朵、狂搖尾巴的模樣。

　「好了，準備完畢，開始吧。」

　　Francis 忍不住對鏡頭張牙舞爪地做鬼臉，他不禁想把一切都怪罪到那位老闆身上，為什麼要讓他想念到這個地步，不得不做出這種蠢事呢？在惱怒一陣後，他才開始露出小狗狗般楚楚可憐的視線。

　「Jool～～」他抬起湛藍色的雙眼望向鏡頭，雙手放在耳朵兩側，模仿兔耳朵。

　「讓我跟 Ray 講幾句嘛，拜託～～」他連眨了好幾下眼睛，腦袋一邊左搖右晃的，讓 Jool 看得噗哧大笑，這樣比起小狗更像小兔子啊，而且毛色還是粉紅色的，顯得更軟萌更可愛了。

「還要搖尾巴啊。」

聽了這個要求,Francis 差點沒撲上去扭斷對方的脖子,但終究還是屈服了。他轉身背對鏡頭,將手擺在屁股後面,讓它看起來像魚尾巴,接著強忍住羞恥心,厚起臉皮搖了幾下屁股,然後才轉過身,雙手抱胸地對綠瞳男子投以挑釁的視線。

但經過剛剛那短暫的表演,哪怕他現在再怎麼逞凶鬥狠,也可怕不起來了。

「滿意了沒?!」

「是不錯啦,蠻娛樂的⋯⋯老闆,跟 Fran 先生說幾句話吧,剛剛的影片我會傳到你的電腦的。」

「喂!!」本以為對方是錄下來獨自欣賞,結果完全不是這麼回事,令 Francis 不禁驚聲大叫。那麼智障的行為,給 Jool 一個人看到還不夠嗎?光是想到那個面癱男看到之後會露出怎樣奇怪的表情,他就丟臉得想把手機搶過來,但 Jool 個頭就是比他高,只要把手機舉到頭頂,他也沒本事搶到手就是了。

「欸?你不講嗎?那我要掛電話囉?」

「要講!拿來!」Francis 怒氣沖沖,一把抓起遞到眼前的手機,一貼到耳邊就開始告狀。

「Ray!你的手下欺負我啦!他一直耍我!你要替我作主!」

「唉唷，真愛告狀耶。」

「哼！」Francis 轉過頭，對站在一旁的人發出威嚇聲。電話另一頭的人忍不住勾起笑容，其實他已經很努力減少自己的工作量、想辦法挪出更多時間陪 Francis 了，但現在擋人財路被盯上，他只能趕緊先找出是誰想對付他，否則會一直操心家裡人的安危，明明⋯⋯他回到家裡，最想看見的是開開心心的對方啊。

Francis，我無時無刻不思念著你。

聽對方大吼大叫地跟自己告狀的當下，Ray 意識到自己實在病得不輕。

「要是我懲罰了 Jool，你打算給我什麼回報？」

「天啊！你真的愛我嗎？怎麼會這樣討價還價？」

Francis 只能一個勁兒地嚷嚷，打從他住進這間屋子開始，已經向對方嚷嚷不下數百次了。然而，Ray 又開口追問了一次，他只能強忍著燒得滾燙的臉頰，故作正經。

「我一整天都聽你的，要我做什麼都可以。」

「真的做什麼都可以？」

「真⋯⋯真的啊。」對方的反覆確認讓他有些退縮，但還是肯定了原先的說詞。

Ray 聽了便微笑起來。

「那在上面。」

「嗯？什麼上面？」Francis 一頭霧水，但有個經驗豐

富的人在他旁邊偷聽，立刻把持不住地噴笑出聲。

「哇，我老闆也會講這麼下流的話喔？」

什麼下流？上上下下，下流……

「喂！！！」Francis 一意會過來，他馬上嚇得驚叫一聲，瞪大了雙眼，耳邊依然持續接收到話筒傳來的磁性嗓音，感覺對方就貼在自己耳邊低語，聽得他的手臂狂起雞皮疙瘩，臉頰也越燒越燙。

「我想讓你在我上面……這樣我就會去教訓欺負我情人的 Jool 了，怎麼樣？」

啊……這划算嗎？身為一個男人，光是雙腿開開，躺在床上任人擺布，就已經羞恥到不行了，這可是叫他張開腿跨在人家身上，攀著對方的肩膀自己晃耶，祖宗十八代知道都要蒙羞了。但真要說起來……

「成交！給我好好教訓你的手下……Jool，Ray 說要扣你兩成的薪水喔。」聽見電話那頭的人讓他如此轉達，Francis 總算恢復燦爛的笑容，歡快地開口，即便不是什麼大不了的事，但要對付 Jool 這種人，只靠口頭訓誡是不夠的，就要出這招才行。

「嗯？兩成啊？不會太多嗎？」

「不管，只要你再欺負我，我就讓 Ray 再扣多一點。」覺得自己有靠山的 Francis 趾高氣昂地說。但此時的 Jool 想著老闆大概會在事後偷偷跟他說不會扣薪水，他的哀號

也只是做做樣子,畢竟他也很清楚,只要 Fran 先生還安全地待在這兒,老闆就不會那麼做,否則⋯⋯別說是扣薪了,可能把他的人頭扭下來的機會還更大一些。

「話說,你現在在做什麼?」

Ray 一提問,Francis 立刻垮下了臉。

「正無聊著呢,在想要不要去尋找新戀情。」

聽著對方埋怨中帶無奈的語氣,Ray 忍不住笑了出來,開口透露自己打電話來的另一個原因。

「那今晚就先別急著吃飯,我八點會到家⋯⋯一起吃頓浪漫的晚餐?」

「真的嗎?你講真的?真的會趕快回來?好好好,我等你,你要盡快回來喔,要我等到九點也行,我保證不會先吃的。這樣好了,我來做點東西給你吃吧?」聽 Ray 說會早點回家,Francis 兩眼發光地猛點頭,心跳也隨之澎湃起來,一想到能跟對方一起吃飯,感覺整個心情都好了。

「不用了,我不想讓你太累。」

「不累啊,我可以做,只要你早點回來陪我吃飯就⋯⋯啊⋯⋯我,我什麼都沒說!」意識到自己情不自禁地說出真心話,他只能慌張地抿起嘴,眼神閃爍,見一旁的看護正拚命憋笑著盯著自己看,他完全不敢跟對方對到眼,而下一秒,羞恥感逐漸被臉紅心跳的害羞給取代,只因電話那頭的人發話:

「Francis，我也想你，每分每秒都想著你。」

「我……我才沒有想你呢，但……反正你早點回家啦。」語畢，Francis立刻掛掉了電話，雙手掩面，用力忍住自己臉上失控的笑容。他承認自己開心得不得了，對方終於要早點回家了。

「壞小孩害羞起來是這樣的啊。」

「你還在啊！」

「我一直都在啊。」

Francis惱羞成怒地向Jool揮舞拳頭，接著立刻衝回房間，他已經害羞到沒辦法繼續待在現場跟對方鬥嘴了。看著Francis嬌羞驚慌的模樣，Jool放聲大笑，接著忍不住搖搖頭。

「還嘴硬說跟老闆之間沒什麼，明明就愛得死去活來的。對了，該傳影片給老闆了。」Jool一邊繼續笑個不停，一邊趕緊將錄下來的影片傳送給Ray。

⌛

同一時間，Ray正強忍著上揚的嘴角，銳利的雙眼盯著手機。誰想得到呢？不過是聽見對方的聲音，就能讓他感到如此愉悅。

叮咚。

這時，電腦發出的通知聲吸引了他的注意，他上前查看，點開了下屬傳送過來的影片。實在很好奇，那不受控的孩子剛剛究竟做了些什麼。

「呵……哈哈哈！啊哈哈哈！」

「嗯？」

好巧不巧，Yuji 正巧敲門進來，眼前的景象令他看傻了眼。整間辦公室都迴盪著老闆的笑聲，把他嚇了一大跳，過去從未展現這樣燦爛笑容的男人正在大笑，而且不是強裝出來的笑，是發自內心感到快樂的笑。

身為老闆的親信祕書，他不動聲色地先退出辦公室。Ray 則是仍盯著螢幕上的少年對著鏡頭扭腰擺臀，該怎麼說呢？可愛是可愛，但實在是太搞怪了。

短短一支影片，他卻重看了好幾次，也更催生了他的動力，讓他以最快速度解決工作趕回家。

⧗

「嗯？今天十四號了？」

夜幕低垂，Francis 已經洗好澡，全身香噴噴地站在電子日曆前，看著上頭顯示的九月十四號，心想到了明天，他穿越回這個時空就滿兩個月了。少年的兩道眉毛蹙起，心底不免湧上一股擔憂。

該不該將自己在思考的事告訴 Ray 呢？要是 Ray 不讓他回去怎麼辦？不，Ray 怎麼都不會讓他回去的，他自己其實也還不想回去。

但試著將自己的假設告訴對方，應該可以吧？

「唉，我真的想回去嗎？都已經活得像是這個時空的人了。」想到這裡，他又忍不住嘆了口氣，接著才走向餐廳，眼前的景象令他忍不住雙眼圓睜。原本放在餐廳的長桌被換成了兩人座的正方形飯桌，還擺上了精美的蠟燭和花束，看得他雙頰瞬間發燙。

「沒必要弄成這樣吧？不過是吃個飯。」

「是老闆交代的。」幫傭帶著和藹的笑容對他說，讓他感覺自己手足無措了起來。

這些受僱於 Ray 的人應該都看出來了吧，這個無家可歸的小鬼，已經晉升成他們家帥哥老闆的戀人了。

「這樣很害羞啦，那個蕾絲桌巾可以拿走嗎？至少蠟燭先不要吧？你們不怕我不小心揮倒它，把整張桌子燒了嗎？」平時總是笨手笨腳的人試著找藉口，光是被那個面癱男說些肉麻的話，他就已經快不行了，要是再搭配這種迷人的氣氛，他絕對會徹底淪陷，給出什麼承諾都不知道。

「沒事的，老闆大概就想為你準備這些。」

啊啊啊，不要用那種看好戲的眼神看我啊！

Francis 只能偷偷癟嘴，這樣的氛圍令他坐立難安，再想到自己要對 Ray 說的事，更是讓他心亂如麻。他來到這個時空的確切時間，大概只有 Ray 一個人知道。

　　「啊！」Francis 不知道自己是何時坐到了門口，當大門在晚上七點被推開時，小不點嚇得差點沒跳起來。他詫異地仰頭看向對方，在看到對方手裡的東西時，更是張大了雙眼。

　　那是一把巨大的花束。

　　而另一邊，比原先預想的時間提早許久到家的 Ray，看到盤腿坐在大門口的少年後也愣住了。他的心臟怦怦狂跳著，這孩子原本就很可愛，最近表現得更是可愛得過分，讓他只想上前將人一把抱緊。

　　「Ray……那……那個花是怎麼回事？」

　　聽 Francis 小聲地問，Ray 微笑起來，將甜美的粉紅玫瑰遞向對方。

　　「給你的。」

　　「有、有病啊！買花給男生幹嘛？我是男的耶！」藍眼少年低聲埋怨著，還是伸手接過了花束，偷瞄了下手裡嬌豔可人的玫瑰，忍不住想這跟他的頭髮是同一個顏色。這是他第一次從男人手中收到花，實在是太羞人了。

　　「喜歡嗎？」

　　聽對方這樣一問，他不由地將臉別向一邊。

「你都特地買來了,我也不想辜負你的心意啊,只好說喜歡囉。」嘴硬的少年這樣說,雙手卻把花束抱得死緊。對十萬火急地衝去買花、精心選購後才趕回家的人而言,這樣就值得了。

　　「那⋯⋯給我這個是為了什麼特別的事嗎?」

　　在和高大男人一同走向餐廳的路上,Francis 突然有了這個疑問。

　　Ray 微微一笑,用再溫暖不過的語氣對他說:

　　「我就是想給你。謝謝你愛我,謝謝你待在我身邊。」

　　聽見這番話,Francis 的腳步瞬間停了下來,他抬起頭,看著男子繼續向前的背影,Ray 回頭看來,在與對方視線交會的那一刻,看出了少年眼中的猶豫,於是露出淡淡的笑容。

　　接著,他伸出自己的大手,與白皙的小手十指交扣,沉默不語地將對方帶到餐桌前,拉開椅子,讓滿面愁容的少年坐下。

　　「Francis。」Ray 雙手改握住對方柔軟的小手,深邃的雙眼望入美麗的湛藍眼眸,以堅定無比的口吻說:「我會竭盡所能,讓你覺得這裡是家,是你能快樂生活的地方,只要能讓你下定決心留在我身邊⋯⋯我什麼都願意做。」

　　「Ray⋯⋯」

　　Francis 只能低聲喚著對方的名字,被握住的手發燙

著，心臟也因為被動搖而軟化。打從與 Ray 初見以來，對方感覺都是不會為什麼妥協的男人，總是莊重肅穆、令人敬畏，但此時，這名男子正嘗試用盡一切方法，只為讓他留在此時此地。

「Francis，留在我身邊吧，求求你。」

男子以百般乞憐的口吻央求，他的人生已經缺少不了這男孩令他醉心的悅耳笑聲，Francis 的出現填滿了他空虛的內心，若是 Francis 消失了，他一定會面臨跟失去骨肉至親一樣的巨大痛苦。

兩個月的時間，說長不長。但對有個人走入他的生命，讓他黯淡無光的心再次燃起希望，也說不上短。他不在乎 Francis 是否屬於這個世界，也不在乎 Francis 究竟是誰，但說什麼都不願讓這名少年離開他的人生。

「Francis，待在我身邊吧，我會讓你在這個時空有個身分，讓你從出生以來就有紀錄，所以你不必回去的吧？」少年完全沒想到對方已替他設想到了這個地步，Ray 的意思是，為了讓他能在這個時空生活，打算替自己偽造假資料嗎？

「Ray⋯⋯」

「拜託，留下來。」

一旦對方用這樣的口吻說話，他就什麼都聽不進去了，一顆心被融化得軟呼呼的，被握住的手也不自覺地回

握住對方。

　　然而，Francis還是認為該把自己在思考的事告訴Ray，他並不是打算回家，但一個弄不好，他可能在陰錯陽差之下開啟時空之門，突然就被吸進去帶走了。他不想要那樣。

　　此時，他的心是在這男人身上的。

　　「Ray，我有話要跟你說⋯⋯」

　　男子懷著專注的視線等待他開口，內心期盼著能得到對方的允諾。

　　「我覺得我回得了未來。我是在兩個月前的十五號來到這裡的，這一定有什麼特殊意義，要是我在每個月的十五號去到你撞到我的地點，我可能可以回到我的時空去⋯⋯」

　　「想都別想！我不會讓你回去！」

　　對方突然的疾聲大喝，Francis嚇得瞬間瑟縮，只見Ray連連搖頭，雙手緊握著他不肯鬆開，看似冷峻的深邃面龐流露出了痛苦的神情，以更為堅決的口吻對他說：

　　「如果你是想要我帶你回到那個路口，那是辦不到的，就算要把你拴起來，我也不會讓你走！」高大的男人一邊說著，臉不自覺地別向他處，只覺得內心陣陣刺痛。他已如此努力懇求Francis留下，但對方卻對自己說要找回家的辦法。

真的好痛。

「Ray！！」只是想將這件事告知對方的Francis被這樣的反應嚇傻了，望著斬釘截鐵的Ray，對方的眼神寫著認真會這麼做，刺得Francis內心發痛。Ray覺得自己會那樣傷害他嗎？明明這個男人一直在為自己付出，難道自己會拋下他逕自離開嗎？

但此時高大的男人彷彿已經失去了理智，光是聽到Francis可能會想辦法回家，他的心就痛楚得彷彿被撕裂，讓他無法看著那雙藍眼睛追問下去。

光是操心有人會傷害Francis還不夠，他還得提心吊膽，深怕對方哪天又會自己消失嗎？

「從現在開始，不管你要上哪去，都要有Jool陪同，絕對不准自己一個人。我會讓Jool盯著你。」

「Ray！你不能做這種事，你不能關著我！」這下少年也動怒了，他沒想到Ray會突然變得如此無理取鬧，甚至要Jool隨時看著他，比他剛來那時還要誇張。

「我就是會做，說到做到。只要讓你繼續待在這裡，留在我身邊！」

「這太離譜了！你想用這種囚禁的方式得到我的愛嗎？！」怒火中燒的少年倏地站起身。兩人的爭執聲之大，讓外頭的幫傭和下屬們紛紛擔心地進來查看，接著便對眼前的景象震驚不已，只見Francis眼眶泛紅，嘶聲力

竭地發出怒吼。

「就算離譜,只要不失去你,我還是會這麼做!」強硬堅決的口吻之中,透露的是 Francis 之於他的意義重大,但這番話絲毫沒有傳遞到對方的腦海,那雙藍眸正燃著熊熊怒火,眼眶也盛滿了淚水。

為什麼不能好好說話呢?為什麼要搬弄自己的權力?是啊,他在這裡就是個沒用的人,不管對方說什麼他都得照做。此時,他不禁想到了下午的事。

「哦!所以你帶了一群人在家裡走來走去,就是想要關押住我是吧!你們到底把我當什麼?我是你們養在籠子裡的寵物嗎?我是人,不用被誰看守!只要你好好講,我都能講得通的,但你卻⋯⋯你這爛人!」

「Francis !」

對方手中的玫瑰花束突然揮向自己的臉,Ray 趕緊伸手掩住臉。花瓣散落一地,低沉的嗓音嘶吼著對方的名字,但 Francis 不願再聽,他邁開雙腳,只想以最快的速度離開現場。

「閃邊去啦!」

此時的他誰的話都聽不進去,一把將站在門口的 Jool 推開,踱著重步回到臥室,甚至將房門上了鎖,明擺著不讓與自己共享房間的人進來。

為什麼要做這種事?為什麼要把人關起來?他只是把

自己的假設說給他聽，根本就沒說要回家，為什麼要這樣對人發脾氣啊！

他一邊氣憤地想著，一邊將枕頭從床上甩開，發洩自己的氣憤和失望。與此同時，外頭的 Ray 正一動也不動地坐在椅子上，雙眼失神地盯著滿地狼藉的花瓣，直到 Jool 從他身後走來。

「老闆。」

「想讓他永遠跟我在一起，有這種想法大概錯了吧？我知道不能永遠關著他，其實他想去哪都可以，但我還是很擔心，要是他哪天丟下我怎麼辦？」Ray 臉上帶著自憐的苦笑，雙拳握得死緊。

「你沒有關著他，只是擔心他的安危。要是讓那孩子自己溜出去，不知道會不會又衝到誰的車子前面呢。」但 Jool 不知道的是，Francis 可能不只會衝向別人的車，更有可能還會穿越回屬於自己的時空。一想到這裡，Ray 就再度感覺自己無力又可悲。

他該怎麼做，Francis 才會願意留在這裡和他在一起？

「就算能把他的人關在這裡，他的心可能也不願意再留在我身邊了。」

Ray 彎下身去撿起花束，接著開口下令：

「Francis 想去哪就讓他去吧，但你要跟著他，唯獨第三到第四街區那一帶，不准讓他過去。Jool，明白了嗎？」

「是的，老闆。」

即便不是真的很理解，Jool 依然口吻堅定地回應。

13

「Fran 先生,你再不吃早餐,對身體不好喔。」

Jool 望著算得上是家裡另一位主子的少年無奈地說。Francis 正盤腿坐在地上,看著尚未被清理的玫瑰花殘骸,伸出手用指尖輕撫著散落一地的花瓣,眼神卻空洞地投向遠方。

昨天的晚餐,他可能一輩子都忘不掉,要不是 Ray 突然暴走,Francis 大概也不會開始思考,自己真的願意就這樣過下去嗎?就這樣被對方囚禁在身邊,而對方甚至不信任他?

沒錯,他從沒將自己的感受傳達給 Ray,這或許是他的不對,但那男人有什麼資格限制他的自由呢?

「你老闆叫你看著我?」Francis 遷怒地問。

Jool 只能嘆口氣,現在這個情況,他也沒心情再開玩笑惹 Francis 生氣了。

兩位主子之間出了問題,他想幫卻幫不上忙,也是很

困擾。

「你就別太意氣用事了,老闆是很愛你才那麼說的——」

「這叫愛?他愛人的方式是把人關起來!?」Francis突然回過頭大吼,一雙藍眼迸出憤恨的火花,但對方只是維持著淡淡的笑容,給出一個令他發愣的理由。

「Fran先生,貪欲人人都有,老闆就是太愛你了,才會想把你囚禁在身邊。你也是啊,你願意讓老闆突然離開你的人生嗎?」

「你不懂,我又沒有想離開他的人生!但要是他再這樣不講理,我還是直接逃跑算了。」還在氣頭上的人怒氣沖沖地說,Jool怎麼可能理解他的心情呢?留在這裡,還是要想辦法回家,要在兩條路之間做出抉擇,對他來說無比艱難。

Francis明明差點就要說出自己哪裡都不會去了,但經過昨晚的事,他改變了心意。

我得想辦法回未來去,免得Ray再這樣胡鬧起來,我遲早會待不下去。

想到這裡,少年倏地站起身,死氣沉沉地說:

「我要去外面買早餐。」

「你不該⋯⋯」

「怎樣?他連讓我下去買個吃的都不准嗎?」Francis

憤恨地撂下這句話便立刻轉身下樓，完全不顧對方的阻攔。他要出門到處看看，直到想起自己來到這裡時，是出現在哪條路上。

他知道這簡直是大海撈針般的任務，但在這個過去的世界中，他連親生父母都見到了，或許真有那個運氣也不一定。

另一邊，綠瞳男子只能心軟地搖搖頭，遠遠跟在對方身後，小心地保持距離，以免讓那孩子受了刺激就跑得不見蹤影，而隔著這樣的距離，Francis 貌似也比較自在，不會想著要逃……吧？

「真難纏。」Francis 悶悶地碎念著，一邊轉身走進速食店。他開始為自己顯眼的髮色而煩躁，走到哪兒都能立刻被注意到，好在 Jool 的外表也挺出眾的，讓他立刻就發現對方正跟著自己。

「呼，老闆跟手下都一樣讓人不爽。」Francis 懷著怒火，忿忿地咬下一大口食物，看著跟自己隔了大約五張桌子，卻始終盯著自己不放的人，總覺得自己要被對方的視線看穿了。

吼，這已經超過一般看護的職責了吧？未免太盡忠職守了。

「嗯？」身旁的位置突然有人坐下，Francis 回過頭去，原本以為會在這種時機現身打擾他的，就只有某位目

光凶惡的男人，正打算擺出猙獰的表情，然而當他一轉過頭，看見的卻是一位約莫十六、七歲的少女，正帶著甜美可人的笑容望著他。

這女的怎麼偏偏挑這時候纏上來？

他在內心嘀咕，但還是給了友善的笑容。

「欸欸，讓我坐這兒吧？」

「可以啊。」

除了那些西裝男之外，能多個人聊天也不錯。

Francis 向對方點點頭，低下頭去專心吃東西。他現在可沒心情跟別人眉來眼去，想當然耳，只要他一閃過要追女生的念頭，眼前總會浮現某個眉目沉凝的傢伙。

「欸欸，你這個髮色是怎麼染的？去哪裡染的呀？我很喜歡耶，從沒看過誰染這個顏色，怎麼說呢？超級吸睛的！」女孩見他不說話，便自顧自地提問，其實她一踏進店裡就對這個男生感興趣了，但不是想發展男女關係的那種興趣，而是對方如此引人注目，讓她不免心生羨慕。

「在國外做的，國內還沒有哪間店能做。」Francis 敷衍地說著，開始對女孩直勾勾的視線感到煩躁，但對方依然頂著一雙大眼睛，找各種話題跟他聊，不知道是不是沒人陪，才會跟陌生人聊得如此起勁。

「真的喔？你好棒喔，我也好想染這樣的……」女孩嘰哩呱啦地說個不停，一直到 Francis 把早餐都吃完了，

（被單方面認定的）新朋友才轉過頭，用嬌滴滴的眼神看向另一邊。

「那個男生好帥喔，一直在看這邊耶。」他聽了便跟著轉頭看去。若是平時，他絕對會當場哈哈大笑，畢竟她所指的對象可是個有男朋友的男人。但此時的 Francis 靈光一閃，微微瞇起了眼睛。

「欸，妳真的對他感興趣？」

「超級。」女孩嘻嘻笑著，Francis 拿起包包，掏出鈔票後從桌子底下偷偷塞給女孩，對方有些詫異地瞪大了眼睛。

「拿去，買點東西請他吃吧，他坐下來之後都還沒點東西呢。」

「這樣好嗎？你就這樣給我錢？」

「很好啊，我蠻喜歡妳的，很好聊。快去吧，免得被別人搶先了。」Francis 抬了抬下巴示意。

接下來，他假裝低頭喝自己杯中的飲料，靜靜地等待時機，直到看見女孩端著兩杯飲料走到 Jool 面前。

說時遲，那時快，Francis 立刻起身閃進廁所，打算從後門離開，至於負責盯著他的人呢？正忙著應付某個聒噪的女孩呢，對方的說話聲之大，連走進廁所的他都還能聽見。

「你叫什麼名字呀？我叫 Julia。」

哇，還真是命運的安排，名字跟本人一樣煩。

他癟了癟嘴，開始在店後東張西望，走向一位店員悄聲詢問，還塞了些錢給對方，讓人帶著自己去員工專用通道。還得感謝 Ray 給了不少零用錢⋯⋯早說過了，別小看 Francis，這段時間是出於自願才安分守己，但要是他打算作亂，也不是辦不到。

「呼～～自由的空氣真清香。」Francis 從放置垃圾的小巷離開餐廳後，忍不住抬起手來遮擋太陽，即便戶外的天氣不是太宜人，但總好過一直活在誰的眼皮子底下。

「好了，該從哪裡開始呢？先搭地鐵到遠一點的地方，再慢慢往市中心移動好了。」Francis 摩拳擦掌地盤算，甚至想著要不要偷偷去見爸媽，渾然不覺，有人正悄悄從自己背後接近。

「哇！！！」

「小朋友，別亂叫，不然我直接轟了你的腦袋。」冰冷的觸感抵上自己的後頸，令 Francis 整個人瞬間動彈不得。他的心臟狂跳，雙眼圓睜，陷入極度的恐慌。

這是什麼荒謬到家的發展？！

「該死的，還真是溜得跟長了翅膀一樣快。」

與此同時，好不容易才把糾纏不休的女孩甩開的 Jool 急得跳腳，他衝進廁所卻不見半個人影，但他很確定，Francis 不可能在自己沒發現的情況下從前門離開。在花錢買通好幾位店員後，他才知道那左右著自己性命的天殺粉紅頭是怎麼逃掉的。

　　面對這種事，腦筋就動得這麼快，怎麼就偏偏不明白老闆有多愛他？

　　「可惡啊！」Jool 氣急敗壞地想著，一邊抓起手機。

　　「派人出去找人，一定要找到 Fran 先生！」他火速對守在附近的屬下們下達指令，好在老闆料到總有一天會出事，早已幫他加派人手。他現在只求一件事，就是能在不得不上報老闆之前先找到人。

　　男子一邊轉進餐廳旁的小巷，沒見到對方的人影，便轉身跑回大路上，他可不認為 Francis 能翻過巷尾那道鐵門。

　　「小鬼，安分點啊！」

　　「大叔，你可能抓錯人了，我不是你要找的人啦！」

　　在起跑之前，後方傳來的交談聲讓 Jool 迅速回頭看向原處。看護警覺地將手探進西裝外套底下，握住黑色的槍枝，以靜悄悄的腳步往聲音的來向移動。

　　來到那道鐵門前，Jool 差點沒把自己的頭給拍爛，鐵門是開著的，連鑰匙都插在上頭，而他居然差點遺漏了這

件事。他輕輕推開鐵門，往門的另一邊窺伺，接著便發現他尋找的目標正被一名男子從背後挾持著，將雙手舉在肩旁。

「你是 Ray 那小子的人吧，那就沒抓錯了。」

「Ray？跟 Ray 有什麼關係？」

「你沒必要知道。既然你認識 Ray Maclas，那你就是我要找的目標沒錯。有了你這個跟 Ray 談判的籌碼，我老闆一定會很滿意。」

聽到這裡，Francis 也多少明白了，Ray 一定跟這些人有什麼糾葛，而他做為 Ray 身邊的人，也就受到了波及。

「談判⋯⋯喂，大叔，你從哪聽來的消息啊？你覺得抓了我，『Ray 先生』就會跟你老闆談判嗎？」

Francis，動動腦筋啊，該怎麼解決眼前這個狀況？要是被他們抓走了，Ray 一定會有麻煩！

從不願意稱 Ray 為「先生」的人立刻改口換了個稱呼，開始賣弄可憐的身世。

「你們誤會了，我只是在他家裡做事，對他一點都不知情。Ray 先生只是看我可憐，我生來就有罕見疾病，你看看我的頭髮，哪個正常人的頭髮會是這個顏色？就是生病了啊。因為沒有人想僱用我，Ray 先生就大發慈悲讓我替他工作，就這樣而已。」

瞎掰胡謅這種事，沒人比 Francis 更擅長了，他使出

渾身解數，感覺放在脖子後的槍也抵得沒那麼緊了。

「但……根據我們的情報，你們是戀人關係。」

他居然笨到會信啊！

「大叔，你瘋了喔？Ray 先生那麼完美的人，怎麼可能會選我這種人呢？你的消息來源太隨便了吧？大叔啊，放過我吧。我們素昧平生，我還有父母要養呢，你就放我走吧，我不會告訴別人的。」

雖然我爸媽還不知道我的存在就是了。

Francis 努力讓自己保持鎮定，他讀過那麼多書，像對方這樣會猶豫不決的人，絕對不是專業人士，這樣的人往往會有惻隱之心，只要找到對的方式討好，一定就能活命。即便內心已經慌得亂七八糟，他依然這樣告訴自己。

這種時候，Jool 怎麼偏偏不出現啊？到底跑哪去了？我都要沒命了耶？你該保護的對象正被人用槍指著頭！

「你別跟我說些五四三的，我才不會信你，Ray 的戀人絕對就是你沒錯！」槍管再次抵了下來，Francis 嚇得渾身發抖，死命轉動著眼球，四處張望，希望能替自己找到活命的機會。此時他發現不遠處停了一輛很不妙的黑色廂型車，要是真的被帶上車……那他的小命大概也不保了。

「我真的不是啦，大叔……」

「別再說了！」

「哇！」

Francis還沒來得及繼續說服對方，槍管就揮打在他頭上，讓他一陣暈眩，癱坐到了地上。他緊緊按著自己的頭，聽著對方的叫罵聲，淚水不受控地湧上眼眶，此時他的內心已然被恐懼填滿，極力呼喊著某人的名字。

　　Ray！你在哪裡？快來救救我！

　　喀啦。

　　「誰啊？」聽見不遠處的動靜，手中持槍的人立刻往聲音的來向跨了一步，轉而將槍口指過去。原本怕得不敢逃跑的Francis，此時也將視線投向同一個方向，因為擁有過人的記憶力，即便在這生死攸關的時刻，他依然察覺到了異樣。

　　這個人剛剛已經把鐵門關上了，但鐵門現在是開啟的，大概有十五公分的縫隙！

　　有人來救他了，一定是有人來救他了！

　　「臭小鬼，起來！我們要走了！」惡徒似是有所警覺，立刻抓住他的手臂將人拉起來，而此時Francis也下定決心要把握這一瞬間。

　　「啊啊啊啊啊！！！」

　　Francis反抓住對方的手，使勁一咬，利牙刺進對方皮肉的同時，一股令人作嘔的腥臭味也衝進他的口鼻，但他沒有更多時間思考，此刻唯一能做的，就是將對方持槍的手推向高空，以免對方一時激動就朝他開槍。

與此同時，Francis 抬起腳來，往對方的腹部奮力一踢，接著便轉身朝鐵門的方向狂奔去。這時 Jool 也現身，朝著他高聲疾呼。

　　「趴下！」

　　平時總是不肯聽話的少年，這回不再抵抗，乖乖俯身趴向地面，子彈自頭頂飛過的呼嘯令他寒毛直豎，害怕得渾身冷汗直冒，緊接著便聽見身後那人發出慘叫。

　　「啊啊啊！」

　　聽著痛苦的哀號聲，Francis 依然維持著原來的姿勢靜止不動，他承認自己很害怕，但還並沒嚇到六神無主的地步，然而當槍聲響起，一股發狂般的恐懼便將他徹底包圍，感受心臟自由落體式下墜的恐慌感，就連背上滲出的汗珠都冰冷得令他全身僵直，只能繼續埋著臉，趴在潮溼的地面上。

　　Jool 帶著槍快步上前，一腳踢開對方手中的槍枝，接著再度抬起腳，往手部中彈的人背上大力一踩，換來對方又一聲淒厲的哭喊，接著才將槍管抵上對方的頭。

　　「誰派你來的！」Jool 大聲喝斥，憤恨的情緒使得他的面龐猙獰扭曲，嚇得對方瑟瑟發抖，只能緊抓住自己被染紅的雙手。

　　「先……先幫幫我，我什麼都會招。」

　　「呵，現在就有臉求饒，我家主子求你的時候，你還

不是傷了他？！混蛋！」

　　Jool 操起槍枝的握柄，往負傷的人臉上一揮，一雙眼睛迸出憤怒的火花，光是看到 Francis 被拿槍抵著頭，他就已經氣得快抓狂，看見少年被毆的瞬間，更是令他差點失去理智。但 Francis 剛才一直滾來滾去的，讓他怎麼都找不到開槍的時機，要是一個失手⋯⋯老闆絕對會要了他的命。

　　越想越氣，差點就要被你害到失業了！

　　「啊啊啊！！！」

　　Jool 憤恨地想著，一邊往對方中槍的手上猛踩。見到這番凶殘的景象，才剛恢復鎮定起身的 Francis 嚇得差點搗住自己的臉，他看著 Jool 一手掏出手機叫人，另一手用槍抵著被他壓制住的人的太陽穴，彷彿修羅降世一般驚悚駭人。

　　他發誓再也不敢惹 Jool 了。

　　不久後，Ray 手下的人馬紛紛趕到，將負傷的人帶離現場。Francis 不知道他們是要帶人去醫院還是要抓去拷問，他只是愣愣地坐在原地，方才經歷的一切讓他絲毫摸不著頭緒。

　　他不明白 Ray 是做了什麼，才會人寄予這般惡意。

　　「Fran 先生，你還在害怕？剛剛從店裡溜出來，不是還很得意嗎？」冰涼的飲料貼上自己的右臉，嚇得 Francis

條地一縮。他也不知道自己的心有餘悸，是來自方才被槍抵著頭，還是因為見識到化身為厲鬼的 Jool，只能帶著尷尬的笑臉抬起頭。

「Jool……呃……剛才……」Francis 以蚊子般細小的聲音開口，坐在身旁的人立刻變了臉。

「沒錯，我們先談談剛剛的事吧，你有什麼毛病？為什麼要從店裡溜出來？要死喔？還好老闆交代我要盯緊你，不然你現在早就被抓去剁手指逼供了，搞不好整條手臂都會沒了呢。」一逮到機會，Jool 立刻開始連珠炮般的長篇訓話，而對方只是愣愣地眨著眼。

「Ray……他做了什麼嗎？為什麼有人要害他？」

一被問起這件事，原本還在激動訓話的人立刻安靜了下來。Jool 看了看對方蒼白的面龐，重重地嘆了口氣。

「Fran 先生，我可以告訴你，但你要保證，聽完之後，不會離我老闆而去。」

「我……」Francis 頓時語塞。他不是因為害怕才想丟下 Ray，但回不回未來的事，現在的他還無法給出承諾，況且他目前擔心的對象並不是自己，而是身邊危機四伏的 Ray。

見了他的反應，Jool 也陷入片刻的沉默，才嘆了口氣。

「看來我老闆擔心得沒錯，他就是怕你知道了，會因

為害怕而離開。」

「我沒有要丟下他！」

面對毫不屬實的指控，Francis 激動得大聲反駁，方才因恐懼而發抖的症狀，此時已經多少平復下來。他直視著對方的雙眼，斬釘截鐵地說：

「你還是告訴我吧！Ray 想瞞著我的是什麼？究竟發生什麼事了？」

在這番追問之下，即便已經答應過雇主會保密，Jool 還是乖乖開口了。

「這牽涉到許多人之間的權力鬥爭，老闆因為在選舉期間支持總統，自新政府組建之後，他在商業領域的權力也就水漲船高。政府現在要推動的計畫，也有我們公司的參與，但老闆不想踩在別人背上做生意，有些人卻不是這麼想的，總之就是老闆擋了別人的財路……」

「所以 Ray 沒有做什麼壞事囉？」Francis 問出自己心中最大的疑問，就見到對方搖了搖頭。

「他就是太善良，才會碰上這種事。」

聽到這裡，少年不覺地沉默下來，一股無以名狀的憂心湧上心頭，若連他都會被追殺，Ray 會怎麼樣呢？

「老闆之所以不告訴你，就是怕你會因為太過害怕，選擇離開他……他要我看著你，不是為了把你監禁起來，而是因為他替你擔心……或許他真的不想讓你到處亂跑，

但請相信我,最主要的原因,還是他怕你會身陷險境。」Jool 從呆愣的人兒手中拿過那罐飲料,替對方打開。

「Fran 先生,老闆很愛你,也很牽掛著你喔。」他將開好的飲料塞回少年手裡,少年依舊是一動也不動地坐著。

「聽了這些,你還要丟下老闆嗎?」

「誰會那麼做啊!神經病!你們腦子都有問題!老闆員工一個樣!這麼重要的事,為什麼都不跟我說?我才不怕這種破爛事呢!錯的又不是 Ray!要是他販毒或走私軍火什麼的,那就另當別論了,但他又沒做壞事,壞的是那些人,那我為什麼要怕啊?」少年總算回過神來,開始向對方大吼,淚水在湛藍的雙眼中打轉著。

真是瘋了!我怎麼可能因為怕你而拋棄你呢?我若真要拋棄你,也是因為你陷在自己亂七八糟的想法裡,不肯講道理的關係!

少年含淚發出的吶喊,讓守在一旁的人揚起了嘴角。

「看到你這麼為我老闆擔心,我很開心喔。」

「我不擔心我愛的人!還能擔心誰啊!」

Francis 激動得大聲脫口而出,對方戲謔的態度令他火大得站起身。聽了他這番話,Jool 只是笑得更開了。

「這些話,你得跟我老闆本人說才行。」

Francis 握緊拳頭,滿臉通紅,總覺得說了什麼不該說

的話，只能緊緊抵住自己的嘴唇。

「我會說的，還有⋯⋯昨天的事，我也會向他道歉。」Francis垂下頭，緊盯著自己的腳，一想到Ray是如此真誠地在保護他，自己卻拿花打了對方的臉，他就越想越歉疚。

「這是應該的，人家都特地跟你示愛，大費周章地討你歡心了，居然還要被花束搧臉？換作是我，絕對會氣到連你的臉都不想看到。」

「你不用嚇唬我！」少年泛紅的臉色瞬間發青，慌忙地別過頭去，不禁譴責起自己的過度衝動。

鈴──

此時，Jool的手機鈴聲中斷了對話的節奏，看護拿起手機，看著螢幕上顯示的來電者，讓他不由得背脊發涼，總覺得不太敢接這通電話。

「呃⋯⋯喂？老闆⋯⋯」

「Francis怎麼樣了！立刻跟我報告，他現在怎麼樣？我現在就回去，要是Francis出了什麼事，我絕對把你們全宰了扔路邊！」

但才剛按下通話鍵，手機就被身旁的人一把抓走，貼到自己耳邊。話筒中傳來十萬火急的聲聲質問，語氣中流露著滿滿的憂慮，彷彿Ray在聽見自己差點被人擄走的消息後就幾近窒息。

「Ray。」

「Francis！你現在怎麼樣？有沒有傷到哪兒？那傢伙有沒有對你怎麼樣？有沒有碰到你？Francis，快告訴我，你有沒有出什麼事！」

平時總是能妥善控管自己情緒的人，此刻卻以這樣焦急的口吻追問著，令他不禁熱淚盈眶，越是感受到對方的心急如焚，就令他越是自責。

這樣愛著自己、替自己擔心的人，要他怎麼能氣得下去呢？

「Francis，你快回答我啊！」

「我沒事。」面對 Ray 急切的追問，他趕緊深呼吸了口氣，強忍住淚水，以微弱的聲音回應。聽見對方鬆了口氣的吐息，並緊接著說：

「我會盡快回去，這該死的差事不該現在找上我的！」這是 Francis 第一次聽見對方爆粗口，讓他充分感受到了 Ray 有多焦躁，內心同樣波濤洶湧的他也下定決心。

「Ray，你快點回來，我想見你，好想見你。」Francis 話音發顫，此時的他只想緊緊擁抱住對方，想像個小孩一般盡情撒嬌，跟對方哭訴自己所經歷的事有多麼恐怖。

即便他再怎麼害怕，他都不可能會丟下這個男人離開。

「我會趕快回去的，等我。」

「嗯,我會等你,要我等到幾點都行。」

我也有好多話要對你說啊,Ray。

⌛

「回家!」

一結束和戀人的通話,正往最近機場方向前進的 Ray 便對親信下令。他今天要到外地辦事,一早就出門趕飛機,甚至連把昨晚的事說開的機會都沒有。然而今天在開會的同時,又接到 Francis 出事的消息,讓他果斷拋下一切工作,想辦法以最快速度飛奔回家。

即便他現在已經知道對方安全無虞,但聽見對方用那種堅定不移的口吻說了會等他回家,他就什麼都不想管了,只想回家與對方相見。

他要對 Francis 坦白一切,不會再有所隱瞞,只求 Francis 不要再像這次一樣,讓自己落入危險的境地中。

座車一停妥,修長的雙腿立刻踏下車,邁開大步往機場航廈前進,手中緊握著手機。另一方面,緊跟在老闆身後的 Yuji 注意到了不尋常的事。

明明差點買不到回程的機票,但機場的人潮卻少得離奇。

那瞬間,他在第六感的驅使下回頭,往停車場的另一

邊查看,一道反光令他不由得瞪大雙眼。

「老闆!!!」

砰!

然而,就算他出聲警告得再快,仍趕不及震徹機場的槍響速度……

14

　醫院的走廊上，一大群人匆忙地邁步向前，走在最前頭的粉髮少年面色尤為焦急，從得知 Ray 遭到槍擊的當下起，那雙藍眼睛的紅腫便再也沒有消下去。他用盡各種方法，懇求 Jool 帶他來到 Ray 在療養的城市。

　「Ray 在哪裡！」一見到成群結隊的西裝男子，Francis 便立刻撲上去質問，而對方只能面有難色地回答：

　「還在裡面。」

　一得到答案，擔心得要發狂的人便一把推開被自己揪著衣領問話的對象，準備衝進病房，另一名男子及時上前阻止他。

　「你還不能進去。」

　「為什麼！他的傷勢很嚴重嗎？他怎麼樣了？你們不是說他安全了嗎？走開啊！我要進去看他！」Francis 使出全身的力氣掙扎，一心想進到病房去，而抓住他的人也用盡了全力，讓他更加心急，深怕對方的傷勢已經嚴重到無

法接受探視。

「放開我！快放開我！你這神經病！」最愛大呼小叫的人扯著嗓門，聲音驚動了整間醫院，也吵到病房裡的人開門出來。

「吵什麼吵！老闆在休息！」

「Yuji！Ray 呢？Ray 在哪裡？！」

見到 Yuji 出現，被壓制住的人立刻開口大喊，表情也像是燃起了希望。萬能祕書沉默地回望著眼前的少年，那雙紅腫的雙眼明顯狠狠大哭過一場。他將門靠上，雙手抱到胸前。

「你又看不到我老闆的價值，還來看他做什麼？」

「誰沒看到他的價值！我怎麼會看不到！他是我最重要的人啊！放開我！Ray，我要去找 Ray……嗚……」歇斯底里的少年再次淚腺崩壞，晶透的淚珠相繼奪眶而出，雙手仍使勁地想將拉住他的人推開。

Yuji 盯著眼前的景象看了一會兒，才轉頭望向站在一旁，正對自己點頭示意的戀人。

「唉，要是真覺得我老闆那麼重要，就別說些會傷人的話啊。」語畢，他便點頭讓人放開啜泣不止的 Francis，推開了門，讓眾人看見房內的病人正……

坐在床上。

沒錯，Ray 並沒有躺在床上奄奄一息，也無須借助呼

吸器，不是瀕死的程度。他只是身穿綠色的病人服，其中一邊的肩膀以繃帶包紮著傷口，五官深邃的臉龐正掛著淡淡的笑容，只因 Francis 方才在外頭的大喊，他全聽見了。

「Ray！」

換作是平時的 Francis，被誤導而以為 Ray 傷勢慘重，絕對會暴跳如雷，但此時他已經無暇顧及那些，就算是被騙也好，只要 Ray 安全就行。嬌小的身軀飛快地撲上前去，將靠坐在床上的傷患緊緊擁抱，讓被抱住的本人也嚇了一跳。

「Ray，嗚，Ray，真的是你⋯⋯嗚⋯⋯」

「Fran 先生，老闆身上還有傷，你這樣會讓傷口裂開的。」Yuji 趕緊開口制止，但 Francis 只是猛搖著頭，繼續緊抱著對方的腰，抽抽搭搭地哭個不停。Jool 上前按住戀人的肩膀，對他搖搖頭，老闆的得力祕書只好嘆口氣，乖乖離開病房。

畢竟老闆也緊緊摟著 Francis，對自己的傷勢完全置之不理。

「Ray⋯⋯嗚，你沒事吧？對不起，對不起，我不會⋯⋯再不乖了⋯⋯不會再胡鬧了⋯⋯我會⋯⋯當個⋯⋯乖孩子，可是，嗚⋯⋯你不能出事喔⋯⋯絕對⋯⋯不能離開我⋯⋯我不會同意的⋯⋯」

Francis 一邊放任淚水自眼眶奔流而出，一邊將不願再

藏於內心的話全數傾吐而出。

在得知 Ray 受了槍傷的瞬間，他感覺世界彷彿在眼前瓦解，心臟像是被撕裂後碾碎到不見原形，令他悲傷得淚流不止，只能不斷嚷嚷著要來見 Ray。到了那個當下，他才發現自己的人生已經不能沒有 Ray 了。

光是想到 Ray 會有個三長兩短，他就難以承受。

Francis 頓時明白了 Ray 為何哪裡都不讓自己去，因為從今而後，他的人生也無法再缺少對方，那份認知實在是好痛、好疼，讓他什麼都不想在乎、不想管了。他哪裡都不會去，他不會離開這個男人，不會讓時空帶自己回家去……絕對不會。

與此同時，Ray 也緊緊摟住對方嬌小的身軀，從得知 Francis 差點陷入危險後就緊繃著的心，此刻終於放鬆下來，他將唇按上對方的太陽穴親吻著。Francis 在他身上鑽扭的力道已經使傷口裂開，但他絲毫不想管，放任滲出的鮮血染紅了覆在傷口處的紗布。

「Ray……嗚……我……我不回家了……我哪都不去……哪都不去了……我要待在你身邊。」

Francis 抬起頭望入對方的雙眼，透過淚水的簾幕，接收到了對方滿懷情意的眼神，抬手捧住那張英俊的面龐。

這副眉眼、這道鼻梁、這對嘴唇……這樣的 Ray，現在就和自己在一起。

然而，聽了他的話語，對方先是陷入一陣震驚，始終戒慎恐懼的心才被逐漸漫溢的暖意包圍，深邃的眼眶開始籠罩淚意，貼在對方臉頰上的手也顫抖得連 Francis 都感受到了。

「你說的是真的⋯⋯真的嗎？」

「嗯，哪都不去了⋯⋯我不要了，哪都不要去了，我會在這裡，跟你⋯⋯待在一起。」

「Francis、Francis⋯⋯謝謝你⋯⋯我愛你⋯⋯我愛你。」就在那瞬間，Ray 將那嬌瘦的身軀緊緊按向自己的胸膛，感覺壓在心頭的大山終於被挪移，沉重得無法喘息的心獲了解脫。

　Francis 答應他了，他說會留在自己身邊，哪裡都不會去。不用再懷著惶恐的心，深怕哪天醒來後，發現這一切都只是令自己心痛的夢境。

「Ray⋯⋯」這回輪到 Francis 主動靠近，讓兩人抵著彼此的額頭，吐出對方最渴望能聽見的話語。

「我也愛你。」

「Francis！」

　聽見這番話的瞬間，Ray 只發得出一聲驚呼，目瞪口呆地望著對方。只見淘氣的少年正咧著嘴，朝他放送最迷人的笑容，捧起他的雙頰，湊上來用唇貼上他的唇一下，才向後退開。

「我愛你⋯⋯讓我留在這兒吧,Ray 先生。」

Ray 先是呆愣片刻,才終於含著淚光展露笑容,他將臉貼向對方哭溼的面龐,閉上眼睛,沉浸於愛胡鬧的孩子就在自己懷抱中的深深幸福感。

「一輩子喔。」

「嗯,我答應你。」

最終,他所懇求的終於得到了回應。

「所以你真的沒事嗎?」

哭夠了以後,Francis 在床緣坐下,雙手緊握住對方的大手,漂亮的雙眼流露出憂心,中彈的人朝他面露微笑。

「子彈穿過去了,多虧 Yuji 及時喊了我,不然可能會傷得更重。還好不是打中要害,不過醫生還是交代我要休息一陣子。」Ray 帶著淡淡的笑容,藥物的作用將他的眼皮一點一點地往下拉,但看著對方一刻都不願離開自己身邊,他也卯足了勁和藥效對抗。

「那你是不是不能回家?」

「嗯。其實我想轉院,但還是要先留在這兒兩、三天,觀察一下情況。」

光是 Ray 肩上的傷,Francis 就已經看到快哭出來了,要是真打讓人中了要害,他絕對會生不如死,彷彿中槍的是自己一般。

「那我也要在這間醫院過夜。」粉髮少年聽完便固執

地說。即便也想讓 Francis 待在身邊，但 Ray 還是搖了搖頭。

「這裡什麼都沒有，你會無聊的。」

「誰說什麼都沒有？這裡有你啊。不管，沒有你，我哪都不去，我就要黏著你，比還沒吸完血的水蛭、剛出生的猴子，還有無尾熊寶寶還要黏，到哪都巴著你不放。」Francis 任性地堅持著，讓快睡著的人忍不住輕笑出聲，Ray 伸出大手，輕輕撫上對方軟嫩的臉頰。

「那就別亂跑，等我醒過來，你還要在這裡，Francis。」聽了傷患的請求，Francis 用力地點點頭，見對方隨時都要沉沉睡去，他在對方身旁躺下，完全不去想會不會被醫生斥責。

「我答應你，等你醒來，我還會在這裡的。」聽著他的承諾，Ray 總算願意順應藥效的催眠，墜入這輩子最美好的夢境。

在夢裡，Francis 就在他身旁，哪都沒去。

⏳

又過了數日，Ray 已經轉院到離家較近的醫院休養，除了有員警輪班守備之外，身旁也有好幾名保鑣，可說是任誰想再混進來都會先被重兵制伏。但不論有多少人守在

他身旁,都不及某個人來得重要⋯⋯

「Ray,要不要吃?你整天就只吃醫院餐,一定很膩吧。」剛回家拿完換洗衣物、準備在醫院過夜的 Francis 打開背包,拿出自己最愛吃的熱炒菜色。

「請你收起來,醫院餐就是要給患者調養用的,吃這種東西一定死得快。」一旁的 Jool 開口制止,被叨念的人只能癟癟嘴,接著跳回屬於自己的位置──傷患病床的床緣。

「今天狀況如何?」

「哇,這位先生,講得好像你有回家睡到天亮再來一樣,聽說你只是回家收個衣服,不到一小時就回來了?怎麼還要問我家老闆的狀況?你得到的答案跟一個小時前也差不了多少。」想當然耳,這次插嘴的也不是別人,正是某位該負責照顧老闆,卻被搶了工作的綠瞳看護。

「你家員工話很多耶,我只是想問問,我不在的這一個小時,你怎麼樣啊。」愛狡辯的少年仍說個不停,Jool 也懶得再說下去了,Ray 則是勾起淡淡的微笑。

「很想你。」

「欸?我才不在一小時耶,怎麼會想我?」

「你自己不也在問一個小時內發生的事嗎?我也跟你一樣,你不在的這個小時,我⋯⋯很想你。」

Francis 實在是不想害羞,但對方懷著那樣認真的視線

說話，還用那雙大手將自己的手緊握在心，他也不得不表示害羞，讓對方開心一下了。

看著這樣你來我往的畫面，Jool 長長地嘆了口氣。他很清楚，不論是他的老闆還是老闆娘也好，都病得不輕。

叩、叩、叩。

「老闆。」這時，在這段時間因暫代老闆處理事務而鮮少露面的人現身了。Yuji 的面色凝重，讓 Ray 也不禁皺起眉頭，起身坐直，而 Francis 則是在旁幫忙攙扶。

「我打聽到是誰想謀害老闆了。」

「誰！是誰！」做老闆的還沒回話，反倒是他身旁的人先激動起來，一雙藍眼睛迸出憤怒的星火。這不是當然的嗎？哪個大膽的瘋子，居然敢來動他的 Ray？

「我們是從對 Francis 先生下手的人口中問到的，他已經招供了。僱用他的人是個想拉你下馬的地方政客，至於那天開槍伏擊你的人則是傭兵，因為任務失敗，已經潛逃出境，要找他應該有困難，就算找得到，應該也很難把他抓來。」

聽完這番話，Ray 立刻陷入沉默，要說是哪些人和他有過齟齬，他其實也心裡有數，只差掌握證據，把那幫人都送入監獄罷了。他當然也想報復，但他畢竟是生意人，不是黑道幫派份子，還是要借助司法的力量。憑藉著他在法界的人脈，也已經有許多人承諾他，要替他將這件事查

個水落石出。

「不要緊,他只是收錢辦事,把源頭解決,他就不會再來打擾我了。」男人平靜地說,聽得身旁的少年面色忡忡地望向他,Francis 伸出手,將對方的大手牽牢。

「但要是他因為任務沒完成,又回頭找上你呢?」

「不必擔心,我會想辦法防止事情發生。」Ray 轉頭對他一笑。只要對方還這樣待在自己身邊,不論之後將發生什麼事,他隨時都準備好應戰。

看著 Francis 表現得如此關切,甚至緊貼著老闆、絲毫不願分開的模樣,讓接連幾天都忙於公務而不在場的人不禁感到困惑。

「Francis 先生最近是怎麼回事?這麼文靜有氣質,也太反常了。」

「你是說我之前都沒氣質嗎!我可是一直都很規矩的!」

「是是是,規矩到用花來甩我老闆的臉呢。」一被提及這件事,Francis 立刻就安靜了下來,臉上寫滿了自責與歉疚。還好那天的玫瑰沒有刺,否則真不曉得 Ray 那張俊俏的臉蛋會變成什麼慘狀。

「其實那天是我不對。」然而,被花束砸臉的人突然發話,轉頭看向坐在床緣的人,大手輕撫著對方的臉頰,絲毫不在意旁人的眼光。

經歷了生死一瞬間，讓 Ray 認識到了生命之短暫，若有什麼想做的，就該即刻行動，想向誰表示愛意，就該盡全力去傳達。

「如果我沒說要把你關起來，你也不會拿花打我的臉，那天的晚餐也就不會被搞砸了。」

Francis 緊抿著唇，微微搖頭。

「現在你想關就關吧，我不會有意見的，在這兒也好，不用去上課，又有書可以看、有遊戲可以打、有錢可以花，居住品質又好，最重要的是，我能待在你身邊。看到沒有？我被關在全世界最讚的監獄呢。」Francis 得意地說著，看得對方只想把他抓來咬一口，深深地感受對方的可愛。

「好了好了，夠了，我知道兩位很相愛。唉，Yuji，我們走吧，我覺得自己快失業了。」Jool 百般無奈地搖著頭，這些戲碼他已經連看好幾天，都看到快吐了，忍不住想到自己都沒機會跟男友甜蜜，所以還是放兩位主子獨處，快跟 Yuji 一同開溜吧。

「你不會失業的，在我不在的時候，你還得替我照顧 Francis 呢。」

Ray 開了口，待在他身旁的人立刻抓緊機會接話：

「Ray，你要讓他保證不會欺負我。」

「嗯，不准欺負 Francis。」

「也不能捉弄我。」

「沒錯，也不准捉弄 Francis。」

「也不可以凶我。」

「也不可以凶他。」

Francis 樂呵呵地笑看著 Jool，對方吃驚地瞪大了雙眼，在家裡擁有至上權力的男人，有別於之前敷衍了事的態度，完全順著他的毛摸，可以說是偏袒至極。面對老闆嚴肅的命令，Jool 只能握緊拳頭，咬牙切齒。

「遵命……但老子要把那支影片廣傳出去。」才剛應完聲，他就立刻對自家戀人嘟噥，並和對方一同離開，留下另外兩人在房裡獨處。

「Ray，很癢啦。」Francis 輕聲說。在那兩人離開後，Ray 開始輕咬 Francis 的指尖，抬起一隻手搔弄他的臉頰，而他越喊癢，對方就更越是咬個不停。

二十五歲的男生是用這種方式撒嬌的嗎？嗯，真可愛。

「你這樣是想幹嘛？」見 Ray 仍繼續玩著他的手指，他好笑地開問，但對方沒有回答，反而——

Francis 頓時小小地瑟縮了一下，男子伸出了舌頭，開始用舌尖輕舔他纖細的手指，甚至連指間的縫隙都不放過。Francis 全身上下彷彿有股熱流在竄動，湛藍的眼眸眼睜睜地望著對方挑逗的行徑。

「Ray，你的傷還沒好呢，醫生有交代，至少到下週前都不能用力。」Francis只能開口表示反對，但全被對方當作耳邊風，此時他的手指不但被對方玩得溼答答的，那股溼黏柔軟的觸感也令他的呼吸益發急促，開始輕聲叫喚。

「Ray……Ray……等你傷好了，要怎樣都行，但現在先不要……啊！」

對方依舊沒有回話，反而開始用健全的那隻手搓弄Francis胸前的突起處，直到逐漸挺立的尖端將他身上的T恤微微撐起，被磨蹭著胸口的人顫慄著，試圖向對方怒目而視。

「別阻止我嘛，從你說愛我那時開始，我就想抱你了。」

「用現在這副身子？要是傷口裂開怎麼辦？」

「管他的，裂開再讓醫生縫吧。」

拗脾氣會透過性行為傳染嗎？Ray怎麼變得這麼任性了！

Francis看著那雙眼眸朝他放送著央求的視線，心裡就軟成了一灘爛泥，只能微微抿起嘴，看著自己被親吻手背的手，接著嘆了口氣。

「放手。」

簡短且嚴肅的一句話，讓男子發出重重的哀嘆，但總算是願意將對方的手放開。盯著Francis下床走向房門，

貌似又要從自己身邊逃離，他正準備開口道歉，然而⋯⋯

「我先鎖門。」

他先是愣了片刻，緊接著露出燦爛的笑臉，迎向鎖好門、拉好窗簾，走回床邊的對方。Francis 望著對方，眼前的男子一手無法活動，同時卻有某種東西正呼之欲出。

「絕對不能照平常的方式做，你會血崩而死的。」Francis 小聲嘀咕著，接著便抬起腿，跨坐到對方身上。

「就一次喔，想有下次的話，你得先掛病號才行。」擁有迷人雙眼和亮麗秀髮的少年撩起自己的 T 恤，將之脫在床邊，袒露的肌膚在夢幻髮色的襯托下顯得更為白皙，胸前也挺立著近乎與髮色同樣粉嫩的花苞。

「感覺中槍好像也不是壞事呢。」Ray 含笑說，深邃的雙眼閃閃發光。他雙手放在對方的纖腰上，感受多日來久違的體溫。

「我之所以願意，是因為之前欠你的。」

男子悶哼了聲，狡黠的視線盯著眼前的人，聽對方繼續說。

「我有說過，只要你教訓 Jool，我就一整天都聽你的，然後你就說要扣他兩成的薪水，要我在上面。但你也不用扣他薪水了啦，我做就是了，看在你受傷的份上。」即便表現出無畏的態度，但 Francis 其實沒什麼自信，特別是現在正有什麼滾燙的東西壓迫著自己。

「所以今天讓我來，你乖乖待著別動就好，OK？」對方一聽便笑了出來，與此同時，白嫩的身軀也一邊貼近。

「我也不能主動親你？」

「那個不算⋯⋯你想親就親啊。」Francis 不愧是膽大包天，一邊帶著勾人的笑容說，一邊擺弄著臀部磨蹭著對方的身子，負傷的人於是摟上他的後頸，眼底閃過一絲光芒。

「我就說你很邪惡。」

「你就喜歡我這樣邪惡的。」

「那當然。」

這成了 Ray 口中吐出的最後一句話，因為緊接著，兩對唇瓣就密不可分地貼合在一塊兒，溫熱淫軟的舔弄自舌尖蔓延，朝彼此的口腔深入，幾乎要與互相的軟嫩融為一體，而 Francis 也抬起手摟住對方，小心翼翼地不觸碰到他的傷口。

「嗯⋯⋯」甜蜜的呻吟自喉間盪出，兩人的軀體歷經一陣摩擦。最後是 Francis 先起身，下頷沾染滿了透明的水漬，看得 Ray 忍不住低下頭，用舌頭將之舔乾抹淨。

「我都說讓我來了。」

Francis 悶悶地抱怨，緊貼著他臉蛋的 Ray 在柔嫩的頰上輕輕一吻，接著才乖乖向後退開，擺明了是要⋯⋯順著對方的意思做。

於是乎，嬌小的少年捧起對方的臉龐，自側臉一路向下吻至下巴，接著鑽向健壯的頸窩，感受著對方每次動作時都會磨蹭著自己臉頰的鬍碴，同時也伸手攀附住對方的身子，雙唇吸吮著宣示主權。

　　「嗯……Francis……」Ray低聲呻吟著，任由對方的溫熱的唇吻遍自己的脖子，再下移至胸膛，同時，Francis也用最輕巧的動作替他脫去外褲，禮尚往來，他也揪住了對方的褲腰。

　　在他的動作下，嬌小的少年抬起臀部，將褲子褪至其中一邊的腳踝處，湛藍的雙眼泛著甜膩的水光，底下流淌著滿滿的情慾。Francis再度起身輕輕地擁吻對方，以赤裸的肉身感知彼此。

　　這樣的接觸讓房內的溫度不斷攀升，滾燙的呼吸澆灌在對方的側臉上，傷患終究是把持不住，雙手開始在細嫩的肌膚上撫弄，引得Francis發出滿足的呻吟。

　　「Ray……我好想替你挨這個傷。」這一回，唇瓣的溫暖輕柔地落在包覆傷口的繃帶上，一想到事發那天，他就無法克制話音中的顫抖，負傷的人於是摟住他小小的肩膀。

　　「我不痛，離心臟那麼遠。」

　　Francis聽了便抬頭對上那對深色的眼眸，他曾覺得那道目光凶狠駭人，但此時，那雙眼底只映著自己的面龐，

令他心臟狂跳不止。他抬起撩弄對方的手，轉而替自己進行準備。

「啊……Ray……」對方開始在他胸前挑弄，Francis發出輕聲吟叫，感受著對方舌尖的打轉畫圓，一邊抬起屁股，緩緩將對方接納入自己的體內。

美麗的雙眸專注地望著眼前的臉龐，男人臉上寫滿了對他的渴求，粒粒汗珠密布在他的太陽穴，由自己來主導動作，讓他的表情顯得既難受又愉悅。與此同時，Francis發出顫慄浪叫聲，在完全接受對方進入自己的瞬間，慾望幾乎是立即在體內噴發。

既熾熱，又激昂，卻又恰到好處地填補了他們的渴求。

「Ray……啊哈……」

隨著上位者身體的搖擺，呻吟聲和床架被晃動的聲音也不絕於耳，在慾望被全數解放的瞬間，兩人的唇瓣再次迎向彼此，隨後，Francis露出笑容。

「我……愛……你……」在氣喘連連之中，清亮的嗓音如是說，並將臉埋入對方壯碩的肩窩，而Ray也緊摟著懷中的人兒，在對方的側額輕輕落下一吻。

「我也是……我也愛你。」

⧗

「出院之後,你第一件要做的事是什麼?」

在熱烈的運動落幕後,Francis 依然是沒在理會醫師的囑咐,爬上床跟傷患睡在一塊兒,把臉埋進戀人的肩窩,還一邊把玩著對方的手。聽了他的提問,Ray 也陷入片刻沉思。

「再帶你去共進一次晚餐。」

「哼?」Francis 困惑地回頭看向他,只見對方正對自己搖著頭。

「我那天搞砸了,給我重新表現的機會吧。」

「其實不用啦,我之前也說了,你只要每天回家吃晚飯就好,不用吃什麼特別的晚餐。」Francis 漫不在乎地聳聳肩,他可是男人,又不是女孩子,才不需要燭光晚餐那種東西,坐在電視前看球賽還好得多。

「是喔⋯⋯那我換件事情做吧。」

「要換成什麼?」

「我一出院,就要去把你的個資檔案搞定。」

深邃的眼眸柔情地望著少年,開口重申。

「我想確定你不會離開我。」這回,Francis 只能垂下頭,他知道自己內心深處是想念叔叔和伯父的,他想回去見見兩老,因為即便自己在這個時空與他們相見,那兩個

人也不認得自己。

　　見了他的反應，對方雙手繞過他的背，將他更摟向自己一些。

　　「你要改變心意嗎？」

　　「你腦子壞了喔？Ray，我才沒有改變心意，說了要跟你在一起，就是會待在你身邊，不可能再溜到其他地方去……我叔伯他們自己能好好過日子的。」Francis原本哀傷的苦笑逐漸鬆開，接著才將話題繞回來。

　　「你要替我建檔對吧……那我的身高要寫一七五喔。」

　　「身高造假不好，被誰查到都會知道是唬人的。」

　　「才多五公分而已！你自己都一百九了，就不能替我報高一點嗎？」Francis立刻哇啦啦地鬼叫起來，聽得對方忍不住輕笑出聲。

　　「好啦，我幫你寫，但要是被問本人怎麼比較矮，你要自己解釋。」

　　「吼！你真的是超過分男友耶！對了，個資檔案能記錄自己喜歡些什麼嗎？」少年突然問起奇怪的問題，男人不由得皺起眉頭，這可是記載個人經歷的檔案啊，又不是幼兒成長紀錄簿。

　　「那些個資是指你的學經歷，怎麼能寫上興趣喜好呢？」

　　面對這些稀奇古怪的想法，男人不禁搖頭，聽得對方

好生失望。

「我以為可以寫嘛。要是有得寫的話，我就要讓你這樣寫⋯⋯」

Ray 專注地細聽著，不知怎地，總覺得跟自己脫不了關係。Francis 笑得燦爛，伸出手戳了戳他的胸口。

「寫上⋯⋯Ray Maclas⋯⋯是 Francis 最喜歡的人。」

Ray 只想立刻收回前言，他等不到出院了，依偎在他身旁的人這麼可愛，他真的非得忍到傷口復原不可嗎？

「個資檔案沒有這欄可填，我一個人知道就好。」

對方樂得眉開眼笑，找了個舒服的角度鑽進對方胸懷，接著閉上眼睛。

「Ray。」

「嗯？」

「夢裡見喔。」

這份可愛，Ray 是不可能輕易放手的，他大概不可能再遇見這樣的人了。乖起來令人方寸大亂，就算耍起壞來⋯⋯依然是他生命中不可或缺的明亮色彩。

15

即便 Ray 說過一出院就要把 Francis 的個人資料處理好,但終究還是得先一頭栽進堆積如山的工作,更別說還要找出伏擊他的犯人了。Francis 只能成天無所事事地窩在家裡,開始思考自己的升學規畫。

「Fran 先生,我看你讀這些書好久了,你對歷史有興趣?」看著平時總在看小說的人,今天埋首於又厚又重的教科書裡,Jool 會如此提問也不奇怪。

「我想回學校上課,Ray 說可以先複習一下,畢竟我都兩個多月沒念書了。」

Jool 皺起眉頭,沒多說什麼,Francis 在遇見老闆之前的過往,完全就是個謎團,但在這個家裡,從沒有人想過要去深究,Francis 只要做這樣的 Francis 就好,至於個資是否遭到刪除、是不是有人在追殺他,或五百八十種潛藏的問題,他相信老闆都不在乎。

否則,為什麼要替他偽造個資呢?

「看你認真起來，也蠻像正常人的嘛。」

「好囉，Jool，別忘了你不准惹我，Ray 不是交代過了？」

才想逗弄欺負起來超有趣的對象，Francis 就立刻回過頭來，擺出居高臨下的態度對他擺了擺手指，令 Jool 只能重重地大嘆口氣。

對方說得沒錯，在那起事件後，老闆對這孩子完全是肉眼可見的寵溺，不論他想要什麼、想做什麼，通通都順著他。曾經以捉弄 Francis 來消磨時間的 Jool，現在也不能再這麼做了。他只能無奈地低下頭，將話題拉回自己初始的目的上。

「那請 Francis 先生去用午餐吧，餐點已經準備好了。」

「啊？已經中午了？怎麼都沒叫我一下？要是我的胃出問題怎麼辦？」

Jool 聽了忍不住大翻白眼，要是能往他頭上敲一記就好了。

「是，是我不對，老闆給您撐腰之後，所有事情都是我不對。」

看著對方嘀嘀咕咕地埋怨，Francis 樂得哈哈大笑，跟在對方身後往餐廳走去。

老實說，即便他一直看這個綠眼睛不順眼，但相處時

間長了,也覺得像是多了個愛逗弄自己的哥哥,老愛尋他開心,至於跟他談戀愛的那個眼鏡仔⋯⋯大概就是哥哥的老公吧。

哥哥的另一半好像跟他這個小舅子很合不來,每次見到他都是嘆氣連連,一臉無奈,但就算 Francis 再怎麼蠢,大概也感覺得到,在關鍵時刻還是能夠依靠 Yuji、向他求援的。

「欸,Jool。」

「怎麼了?Fran 先生?又要罵我什麼了?」

屁股一坐到椅子上,Francis 就抬頭叫喚看護。對方微蹙著眉頭回應,卻見那顆粉紅色的腦袋左右搖了搖。

「沒什麼,只是有些話忘了跟你說。」少年揚起大大的笑臉,清晰地向對方傳達。「我很喜歡你喔⋯⋯謝謝你一直照顧我,還有 Yuji 也是。」

面對少年反常的認真態度,Jool 不禁一愣,最後不由得露出無奈的笑容,難得看到這小鬼這麼可愛的一面,讓他忍不住將手放上那叢粉色的頭毛。

「樂意之至⋯⋯能夠認識你,我也很開心。」

鈴——

此時,電話鈴聲突然響起,打斷了這對死對頭的溫馨時刻。Francis 猛地回過頭,沒幾個人會在這個時間打電話來,他立刻跳起來,飛奔去接電話。

「Ray！」想當然耳，電話那頭的不是別人。在聽完對方的話後，Francis 點頭答應，接著才將電話掛斷。

「Jool，我出去跟 Ray 吃午飯喔，他說要帶我去看個東西⋯⋯就算我不在，你也別哭著吃飯啊。」語畢，Francis 還不忘擠眉弄眼，接著便轉身離開，畢竟打電話回家的人已經在樓下等了。

Jool 聽了，微微瞇起眼睛。

身穿名貴的西裝，說是比起白衣更喜歡這般穿著的男子雙手抱胸，一雙碧綠眼眸望著對方離去的背影，突然覺得內心湧上一股無以名狀的空虛，彷彿 Francis 這一走，也從他這兒帶走了什麼似的。

「誰會因為你不在就哭呀？Fran 先生？」但他還是揮開那些雜緒，反正等對方今晚回來後，一定又會是老樣子，拿他跟老闆在外頭發生的事來發脾氣。

Jool，沒事的，是你想多了。

⌛

「你今天不對勁喔，明明不是假日，怎麼會從中午就有空？」

Ray 今天自己開車，在要價不菲的豪華轎車裡，洋娃娃般的少年坐在副駕，一臉困惑地望著他，不知道自己會

被帶去哪裡。

「就說有東西要給你看囉。」翹班溜出來的男子勾起嘴角。

「是要讓我見外星人？神仙？還是未來人？最後一個就不用帶我去了，我天天照鏡子就看得到。」Francis 打趣地說，他就喜歡和對方一起出門。駕駛座上的男子被逗得笑出了聲，趁著等塞車時的空檔，轉身從後座拿起某樣東西，交到 Francis 手中。

「這給你。」

「嗯？」Francis 低頭望向那朵粉紅玫瑰，才抬起頭向對方投以不解的眼神。

「給我這個做什麼？」

「是那天的賠禮。如果你要再拿來打我，我應該也不會痛了。」

「喔，所以這次就不砸重本了，只給一朵啊。」少年聽了咧嘴一笑，依然相當珍惜地將玫瑰握在手中，內心不免為之前那束花感到可惜，那束看上去可不便宜呢。想到這裡，頂著一頭棉花糖的少年突然意識到什麼。

「上次的晚餐搞砸了，所以這次改吃午餐？」

「是要去吃飯沒錯，但在那之前，要先帶你去看個東西，就快到了。」

聽 Ray 這麼說，他也不再追問，乖乖看向窗外流逝的

風景。這座城市現在的模樣在他腦中已經越來越熟悉，不再是他在網路上看到的昔日舊照，而是他此時此刻的生活。

即便不那麼進步，但 Francis 必須承認，他在這裡過得比較快樂。

「嗯？怎麼有點眼熟？」車子駛至某個地段，少年不禁東張西望起來，接著喃喃自語。不論是二十年前，還是二十年後，他都認得這裡——是他最愛的書店。

此時的 Ray 悄悄地觀察少年躁動的神態……其實 Francis 之前對他說的話，他思考過了，若對方想得沒錯，他能夠回到未來的日子應該是每個月的十五號，只要他在那天拜託對方別出門，就能保證這孩子哪裡都不會去了。因此，他才願意鋌而走險，帶對方來到這一帶。

Francis 會很開心吧。反正我們都開車經過這麼多次，他也沒因此就回到未來，讓他下去走一走，應該不會有事。

「Ray，你帶我來這裡做什麼？書店又沒開。」男子在書店對面將車停妥，並讓對方下車，少年一頭霧水地拿著玫瑰下了車，不解地問。

「很快就會開了。」

「啊？！」Francis 一聽便激動得瞪大雙眼，所以他最喜歡的書店，二十年前就存在囉？他匆匆邁開腳步跟上

對方，想成為愛店的第一位客人，而 Ray 自然也是這麼想的。兩人隔著十字路口，看著許多工人在曾是舊騎樓的店面進進出出地裝修。

「你先在這裡等，我過去跟老闆打聲招呼。」Ray 笑著說，鬆開牽住對方的手，對方聽了便搖搖頭。

「為什麼要我等？」

「你就等吧，聽我的。」Francis 點點頭，看著對方跑向馬路另一邊，吆喝著和工人們搭話。少年聳聳肩，開始環顧四周，總覺得才沒過幾個月，這裡就變了許多，那些老舊破爛的樓房在市容整治計畫的推動下，真的被改變了。

「咦？」

原本將視線投向馬路另一側的少年瞇起雙眼，望向替人行道遮蔭的大樹，太陽光正被樹下某個東西反射著，閃進他的眼裡。即便那可能只是件小垃圾，他還是為之吸引，走近查看。

好眼熟，好像在哪兒見過。

Francis 一邊想著，一邊蹲了下來。此時，在馬路對面的 Ray 一轉頭，見對方正探頭探腦地在看些什麼，一股不祥的預感隨即湧上心頭，立刻拋下正在和自己交談的書店老闆，轉身朝戀人的方向奔去。

「咦，這不是叔叔跟阿伯做的那只爛錶嗎？」

唰！

「Francis！！！」

少年拿起那只用厚紙板做的詭異手錶，內心有道聲音在興奮地呼喊著。他記得自己把這東西掛在那個什麼究極椅上了，沒想到它居然跟自己一起來到了過去？

「Ray，你看我找到了什麼⋯⋯」

他一邊想著，一邊轉頭看向朝自己跑來的Ray，舉起手中的東西，想把家中長輩的發明故事說給對方聽。然而，Ray的視線卻投向他身後，驚恐的神情讓他頓時一陣發毛，開始感受到身旁颳起一陣漩渦式的氣流，天藍色的眼睛不禁瞪得渾圓，轉身一看。

「騙人！」

眼前的景象看得Francis震驚高呼。一個巨大的隧道出現在他身後，在隧道的盡頭，有兩個人正在上下檢查著什麼機器，與此同時，一股巨大的牽引力正不斷將他往通道內吸捲，令少年小小的心臟一陣發慌。

「不，我不要，我不回去，我不要回去！」Francis奮力搖著頭，試圖甩開手中的錶，但它卻附著在他手上拿不下來。他使出全身的力氣，想朝面色驚愕的男人奔去。

「Francis！不要！別走！」

「Ray！救命⋯⋯救救我⋯⋯」

周圍颳起一陣小型的旋風，他感覺自己的身軀被捲離

了地面，只能顫慄地不斷疾呼，但 Ray 仍在原處，好像絲毫不受那陣影響一般。或許是次元之門即將關閉，他眼前的畫面逐漸被黑暗吞噬，Francis 奮力伸長了手臂，探向衝上來想拉住自己的戀人，晶瑩的淚水充斥了眼眶。

不要，他不要回去，他要留在這裡，跟 Ray 待在一起。

拜託，我不要回去。

他已經將手臂伸長到了極限，幾乎就要觸碰到 Ray 的手了，然而，或許是他流露出的目光過於絕望，Ray 露出了那種……極度痛心疾首的神情。

唰！

那副神情，成了他最後所見的畫面。緊接著，時空隧道的吸引力就將他捲至後方，回到他所來自的未來。

「所以這系統是不是出了問題？怎麼都不能運作啊？」
「哥，我每個插頭都檢查過了，電流一定夠強才對。」
啪滋！

在 Forcel 兄弟倆還在為他們的時光機爭執不休的同時，身後突然響起一陣細微的碎裂聲。他們倏地回頭一瞧，接著吃驚地瞪大了雙眼，望向姪子以及他握在手中的

東西。

「Fran！你幹嘛破壞回到未來用的工具啊！」David率先衝上前，搶過那只像是在長條厚紙板上貼個圓形錶面製成的錶，然而它已經在Francis手裡碎裂成屑。做伯父的忍不住大聲哀號，而一旁的叔叔也走上前來跟著說：

「沒有這東西是回不了未來的，但這一代還在實驗階段，很容易壞。」

長輩倆的討論聲在頭頂上持續著，Francis只是呆坐在原地，遲遲無法釐清現在的情形。此時，Ray悲痛的神情在眼前浮現，讓他頓時清醒過來。

他……回到未來了。

啪！

「阿伯！叔叔！快把我送回過去！現在立刻！」Francis撲向叔伯兩人，緊抓住對方的肩膀，看著他臉上驚慌失措的表情，兩老樂得笑開了懷。

「唉唷，Fran啊，你終於明白科學的偉大奧妙之處了，等等喔，這機器有問題，我們等下就送你回⋯⋯」

轟！

然而，話都還沒說完，放置在角落的儀器就發出了巨大的爆炸聲，還滋滋作響地迸出火光，嚇得在場所有人都目瞪口呆。但兩位發明家還沒上前查看機器，反倒是Francis先一步衝上前，想用雙手去觸碰那台能將他帶回戀

人身邊的機器。

「Fran，別碰！會死人的。」

「又壞了啊。」

一聽見儀器壞了，Francis 整個人癱坐到地上，一雙藍眸望著竄出團團黑煙的時光機，接著⋯⋯淚水自眼眶滾滾而落。

這不是真的，誰來告訴他這不是真的？

「嘿，你怎麼啦？怎麼哭了？不用替我們難過啦，這種科學實驗、就是要不畏失敗、多番嘗試。這次做壞了，下次重來就行了。Brian，我們下回改做前進未來的機器吧？」

「贊成。」

「不要！你們要把這台修好！把它給我修好！聽到沒！你們要再把我送回過去！要送我回去！」聽見兩人說想放棄這次失敗的實驗，哭泣中的人立刻回頭對兩人咆哮，雙手緊抓著長輩的實驗袍，哭哭啼啼地央求。

「讓我回去，嗚⋯⋯讓我回去，他在等我⋯⋯」

「回去什麼？你是不是在夢遊啊？機器剛剛連啟動都還沒啟動呢，你根本就還沒回到過去⋯⋯」

「我回去了！我有回去！我在那裡待了快三個月！你們聽到沒有！我回到過去待了三個月⋯⋯送我回去！馬上送我回去！」做姪子的歇斯底里地大吼著，用力地搖晃搞

出整件事的罪魁禍首，淚水如噴泉般汩汩湧出，最後忍不住靠到伯父的肩上大哭失聲。

「讓我回去見他⋯⋯讓我回去⋯⋯嗚⋯⋯」

「等一下，你剛剛說你回到過去了？」

「對，我回去了，回到二十年前，你看看我的衣服！你看！這不是我今天早上穿的衣服！」他倏地站起身，極力想自證說詞，但兩位長輩只是面面相覷，然後對他搖搖頭。

「我不記得你穿什麼啦。」

「可惡！你不用記得！給我修好就對了！一定要再讓我回去一次⋯⋯拜託⋯⋯」

做姪子的再次癱坐在地上，彷彿哭掉了全身的力氣，叔伯兩人只能默默對望。即便他們對自己的發明相當有信心，但 Francis 說他在過去待了三個月，這怎麼可能呢？他們也才在實驗室裡待了十分鐘啊。

在兩人轉身修理機器的同時，Francis 始終沉默地呆坐在原地。電流出問題也不過是一分鐘的事，在短短的一分鐘內，怎麼能在那兒過上三個月才回來呢？怎麼想都不合理。

「Fran。」David 在姪子面前蹲下，溫柔地將自己大大的手掌放上他的小腦袋，哭得淅瀝嘩啦的少年抬起頭，滿盈著淚的雙眼流露出一絲希望。

「阿伯……嗚……」

「我明白的，人在抱持極度渴望的時候，總會自行做出許多聯想。我在構思發明的時候，也有想像過，要是用了這些機器能做到些什麼。你大概是親身接觸到了這樣的科技，才會覺得自己有回到過去……」

一聽見伯父這麼說，Francis 只能流下兩行淚，一邊猛搖著頭，再也說不出任何話，旁邊的叔叔則是拿出了繽紛的彩帶，遞給身旁的哥哥。

「……所以啊，我們姪子沒有跟 Matthew 一樣變得怪怪的，該來慶祝一下了，嘿嘿。」

伯父如是作結，整個實驗室都迴盪著他宏亮的嗓音，而叔叔也一邊把彩帶往他身上撒，但此時的 Francis 只是心痛不已，緊緊揪住自己的胸口。

Ray，我好想回去找你……我想回去。

他再次轉頭看向那張椅子，注意到了某個東西。

「Ray……」椅子旁躺著一朵粉嫩的玫瑰花，代表一切都不是他自己的想像。他不是在作夢，是真的回到了過去，遇見了心的歸屬。Ray 不是他腦補出來的夢境，而是真正存在的人。

Francis 百般寶貝地將那朵玫瑰捧在手心，淚珠接二連三地落下，滴落在玫瑰花瓣上，便又隨之滑落到了地面，彷彿那段再也無法扭轉的幸福時光。

是 Ray 這個男人，在一片黑暗中向他伸出了手。

是 Ray 這個男人，讓他體會到了前所未有的幸福。

是 Ray 這個男人，讓他勇於面對父母的離去。

正是那樣的 Ray，讓他全心全意地投入了愛戀，而那個男人也和他立下了要永遠待在彼此身邊的約定。

「對不起……嗚……對不起……是我違背了約定……對不起……」

在時不時冒出爆炸聲和黑煙的實驗室裡，兩位科學家的姪子正撕心裂肺般地哭泣著，雙手捧著那朵微微初綻的粉紅玫瑰，口中不斷呼喚的只有一個名字……Ray。

好幾個小時過去了，Francis 依然坐在原地，癡癡地望著報廢待修繕的發明發呆，手中那朵玫瑰已經浸滿了淚水，看得家中兩位長輩不免憂心起來，做叔叔的於是上前向姪子搭話。

「Fran……你真的回到過去了嗎？」

「嗯，我回去過了。」Francis 的口吻依舊悶悶不樂。

叔叔只能溫柔地繼續問：「你遇見了誰嗎？」

Francis 不知道叔叔會不會相信自己，但還是低著頭，緊盯著手中的花。

「遇見一位很愛穿西裝的看護，一位毒舌的祕書，還遇見了一個⋯⋯總是一臉凶巴巴，看上去很無情，但真正了解他後，才發現他是最善良、最溫柔的人，也是最帥氣的⋯⋯」Francis 以顫抖的話音說到這裡，便沒有再繼續說下去。

是我在過去⋯⋯愛上的人。

他將臉埋向自己的膝蓋，然後才微弱地說：

「我見到爸媽了⋯⋯我問他們為什麼要丟下我離開，爸爸說他是想守護我，想讓我過著安穩幸福的生活，他沒有想丟下我，他很愛我⋯⋯」整整三個月經歷的一切，在他回到這裡之後，彷彿都失去了意義。

他在那兒過了三個月，但在返回未來後都退了原點⋯⋯除了手中的玫瑰花，沒有任何東西能證明他真的曾經回到過去。

Brian 聽著便皺起眉頭。

「Fran，你是回到了多久之前的過去？」

「二十年前。」

一聽見他的答案，叔叔就笑了開來，伸手拍拍姪子的肩膀。見 Francis 這般痛苦的模樣，大概是很想再見到在過去遇見的人，那事情不就好辦了嗎？

「那也才過了二十年，你當時見到的西裝看護、毒舌祕書，還有那個善良的好人，可能都還沒死啊⋯⋯」

霎時之間，原本安靜得像機器人般的少年立刻回過頭，瞪大了雙眼，握緊玫瑰的手發顫著，腦筋順著對方的話思索下去。

是啊，才過了二十年，不代表他們不能在這個時代見面啊！

「謝謝叔叔！我最愛你了！」Francis 衝上前，懷著滿滿的愛意摟住叔叔的脖子，用力親吻了他兩邊的臉頰，一旁的伯父則露出委屈的表情。

「那我呢？Fran，你不愛阿伯嗎？」

聽見這番話，原本正打算衝上樓的 Francis 只好轉身跑回來，用力抱住伯父。

「謝謝你們做了那台機器，我最愛你們了。」語畢，Francis 就逕自踏上樓梯，用最快的速度衝出家門。

他不能認輸。他現在不需要等待奇蹟降臨，他要自己創造奇蹟。

Ray，等等我，我會去找你的。

⧗

經過一番搜查，Francis 找到那棟高級大樓的所在位置，但時間來到當代，一切都已事過境遷。在他花了三小時，終於來到自己曾生活了三個月的地方，才發現⋯⋯這

裡早已改建成了大型購物中心。

「Francis，好好動腦想想啊，絕對有辦法的，快想想！」少年的眼眶已經開始泛紅，卻在靈光一閃後不由得瞪大了雙眼。

「對了！他家的公司啊！Maclas 家絕對不是名不見經傳的小企業。」

Francis 又花了些時間找資料，總算知道了 Maclas 家族經營的是什麼事業，但他對龐大的資產毫無興趣，唯一在乎的是⋯⋯公司位在何處？

最後，他終於來到矗立於市中心的一座大廈前，他曾經過這裡不下百次，卻從不知道這座大廈屬於他的戀人。此刻的 Francis 做了個大大的深呼吸，握緊了手中的玫瑰。

「要是見到了他，該擺出什麼表情呢？」Francis 自問。他已經先上網找過資料，確認這間公司的老闆跟那位 Ray Maclas 是同一個人，從照片看來，Ray 在整整二十年間都沒有變過。但就算 Ray 已經中年發福、頂著一顆啤酒肚，他也不會在乎，Francis 一心只想見他。

「不好意思，我想見 Ray Maclas 先生。」他來到接待處，對坐在櫃檯的接待員說明自己的來意，對方一臉困惑地抬起頭來，接著才露出禮貌的笑容。

「請問您有預約嗎？」她一邊疑惑著這個年輕人找總裁有什麼事，一邊開口問。

「沒有，但我叫 Francis……Francis Forcel……」

「那我恐怕不能安排您跟他見面喔。」

Francis 一報上名字，立刻就被對方打斷，接待員的口吻異常冰冷，原本友善的態度也轉為不耐，用斬釘截鐵的口吻對他說：

「這棟大樓不歡迎任何叫 Francis 的人。」

「這是什麼意思！」

他一聽便忍不住高聲質問，可別說這二十年來，Ray 都一直在生他的氣，就連跟他同名的人都不願見。面對他激動的反應，女子只是擺出極度厭倦的神情。

「你別裝傻了，你應該也有聽說，總裁之前有過一位叫作 Francis 的戀人，搞到一堆說自己是 Francis 的人跑來這裡，自稱是總裁的情人，把這裡的員工都煩死了，逼得公司不得不立下規矩，禁止任何叫 Francis 的人來這裡搗亂。所以就算你是那個 Francis 也好……反正一看就不是，總之哪個 Francis 都見不到總裁的。」

Francis 只能愣愣地望著接待員，女子顯得百般不耐，畢竟她這份工作已經做了許多年，早已見識過各式各樣的 Francis。

這也是可想而知的，對方是那樣完美的總裁大人，而且還是個專情男子，自始至終不變地愛著二十年前就消失的戀人。

「但我就是那個 Francis！」

少年往櫃檯猛力一捶，大吼聲響徹整座大廳，令對方吃驚地縮了一下，用可疑的視線打量這行徑古怪的少年。

這人怎麼回事？明明長得也算清秀好看，一雙眼睛卻紅得像有藥癮，手上還拿著一朵被折斷的花，就這樣大搖大擺地闖進來。

「這位先生，你再不離開，我就要叫保全了。」

「我要見 Ray！不然 Yuji 也好，Jool 也行！他身邊的任何人都可以！」此時的 Francis 已經什麼都聽不進去，只是一個勁地扯著嗓門大吼，吸引了保全聞聲而來，接待員於是指著 Francis，讓保全將他帶出去。

「我要見 Ray！聽到沒有！我要見他！」

「神經病。」公司裡其他職員也竊竊私語地討論著，即便嬌小的少年已經被拖出大樓，那歇斯底里的吼叫聲依然在大廳迴盪不去。然而此時，有位剛從最高樓下來的男子注意到了方才的騷動。

「發生什麼事了？」

「啊，Yuji 先生。」突如其來的問話讓女子嚇了一跳，回頭便見那位正值壯年，比誰都要講究規矩的男子，向她投以銳利的視線，她趕緊開口報告。

「又有叫 Francis 的人來了，但他吵鬧著說想見總裁，甚至還說見 Yuji 先生或 Jool 先生也行。真奇怪，之前出現的

Francis 根本不認識你們，那孩子感覺做了不少功課。」

「孩子？」Yuji 不由得瞇起眼睛。

「對呀，是個小孩，感覺才十六、七歲，我也不確定到底幾歲，染了一頭粉紅色的頭髮。」

聽了接待員對少年外貌的形容，Yuji 立刻轉過身，朝保全將少年帶離大樓的方向奔去，但來到了門口，卻只看見公司的保全。

「那孩子上哪去了？」

「已經走了。」一位保全恭敬有禮地回答，指向少年離去的方向，讓總裁最親信的祕書追上去。在 Yuji 準備離開的同時，背後還傳來保全們議論不停的聲音。

「真可憐，那孩子哭得好慘啊。」

「唉，不知道是不是暗戀總裁很深，哭得像生離死別一樣。」

這番討論使 Yuji 更加確信了。他掏出手機，一邊撥電話給某人，一邊持續用視線搜索著目標。

「什麼事？」

「老闆，他來找你了，那孩子回來找你了！」

沒錯，那名為 Francis 的神祕少年，在整整二十年之間，讓他們幾乎要把地球給翻過來都找不著的人，終於自己來見老闆了。

16

「喂,那個人怎麼啦?」

「別多管閒事啦。」

「可是他哭得很慘耶。」

對於旁人的議論紛紛,Francis 絲毫不想理會,從 Ray 的公司被趕出來後,他就沿路哭哭啼啼地走著,不知道該往何處去,只是漫無目的地向前,讓記憶中的畫面在腦中自動播映。

每當他心情不好時,那個男人總是站在他身邊,每當他哭泣時,也總是 Ray 會上前來撫慰他的心。

Francis 這才意識到,自己悲傷時都有 Ray 在,但現在他因失去 Ray 而哭泣,究竟該如何是好?

正如眾人對他的評價,Francis 終究是太孩子氣了,他不知道該怎麼見到自己的戀人。Ray 可不是他爸媽那樣默默無聞的普通人,而是家財萬貫的大企業總裁,明明就知道他的公司在哪裡、也知道他曾經住過的地方,卻無法與

之相見。

　　沒有人相信他就是那個 Francis，就算他哭著對保全那麼說，大家都只會趕他回家，說他年紀這麼小，不會是那個 Francis。

　　他怎麼不會是那個 Francis 呢？明明今天早上⋯⋯他還跟 Ray 一起走在這條街上的！

　　這條街！

　　Francis 瞬間雙眼圓睜，這才猛然驚覺，自己不知何時已經走到了上午來過的那條街。此時太陽已逐漸西斜下沉，淡淡金光傾灑在與二十年前判若兩地的街區。

　　過去這一帶只有老舊的連排騎樓林立，現在都已經改建成高聳入雲的商辦大廈，巨大的螢幕投影著瞬息萬變的影像，原本人煙稀少的街道變得車水馬龍，但在這片喧囂之中，還存在著一處風景，仍然保留著往昔的樣貌。

　　那間書店⋯⋯彷彿異世界般的地方，僅僅是踏進店裡，一切的外界紛擾彷彿都被甩至了九霄雲外，只有這片寧靜的小天地，散發著自己獨有的魔力。

　　此時，有個東西吸引了 Francis 的注意。那是他自小到大都最愛來的書店，卻是頭一次抬起頭，仔細觀望這棟坐落於高樓大廈之間，彷彿最後一處祕境般的矮房，因而發現了一件他從未曾得知的事。

　　「Francis」

店門上釘著一塊深色的木板，斑駁的筆跡刻劃著這般文字，若沒停下腳步仔細觀察，大概誰也不會知道這間店叫什麼名字。然而這個事實，卻令他失落到谷底的小心臟頓時怦然加速起來。

為什麼這間書店會跟他同名？難道只是巧合？

他懷抱著一絲希望，下定決心推開門進到店裡。

叮鈴匡啷。

二十年老店的門板被推開，懸掛於其上的復古風鈴發出輕微的聲響，有別於其他店家力求標新立異的攬客聲。老闆阿姨坐在老舊的櫃檯前，抬頭見到 Francis，便笑著向他打招呼。

「是你呀，孩子，昨天不是才剛來嗎？今天來找什麼書呀？」

對阿姨看來，他或許是昨天才剛來過，但對 Francis 而言，距離自己上次踏進這裡，彷彿已經過了一世紀。

「還不知道⋯⋯不對，我是來找奇蹟的。」

Francis 面色慘白地擠出笑容。他大言不慚地跟自己說要創造奇蹟，但那不過是他自以為能見到心上人的誆語，此刻的他只能回到這間舊書店，尋找那所謂的奇蹟。

「真神奇，你已經是今天第二個跟阿姨說這句話的人了。」

聞言，他不由得瞪大了雙眼。阿姨先是若有所思沉默

了一會兒，才轉而對他微笑。

「你也算是我們店裡的常客，但說也奇怪，你從沒見過我們店裡的第二位客人呢，明明他幾乎天天都會過來的。」

「第二位……客人……」

Francis 朝她走近，發顫的雙手放上櫃檯。看著老闆大力點著頭，不免回想到早上發生的事。她口中的第二位客人，會不會是他所想的那個人呢？

今天早上，這間店都還沒蓋好呢，那他跟 Ray 兩個算是客人嗎？

「那第一位客人呢？」

問題一出，對方揚起嘴角，語氣卻顯得悲傷。

「我已經等他二十年了，有個人說要當店裡的第一位客人，卻遲遲沒有現身……」

Francis 呆滯在當場，方才幾乎要中止跳動的小心臟瞬間復活，鼓動得越來越激烈，接著他才從唇齒之間擠出微弱的聲音問道：

「那第二位客人在哪呢？」

「他今天有來，就在裡面，你進去看看吧，今天店裡沒什麼人。」

得到老闆的回覆，Francis 慢步地穿過櫃檯，來到店內別有洞天的空間。高高的書櫃直抵天花板，架上收藏著

許多不同時期的書籍，從出版社還少得離奇的年代出版的作品，到已經無法再其他地方找到的古書，全都齊聚在這裡。

嬌小的少年感覺自己的每一步都越發沉重，他既惶恐又不安，要是在店裡的不是他所想的那個人呢？那他懸著的心會有多麼失望？

他邁著緩慢的腳步，在店內最深處的角落停下，接著便看見⋯⋯一名背對自己站著的男人。

那個僅僅是背影，就足以撼動他內心的男人⋯⋯那人身穿全套西裝，從頭到腳都體面不苟。Francis 率先伸出了手，碰上對方寬厚的背，以顫抖的嗓音發出叫喚。

「Ray。」

男子的動作瞬間停格，直挺的背明顯緊繃了一下，但 Francis 沒有想強拉著對方轉身，只是靜靜地等著對方回過頭來⋯⋯一如某人對他長達二十年的等待。

與此同時，那人正轉身望向他。

「Ray⋯⋯」

Francis 唯一能發出的音節，便是開口喚出對方的名字，一雙藍眼睛閃爍動搖著。他望著對方的面龐，那深邃的五官依然與烙印在他記憶中的模樣如出一轍，眼前這個 Ray，或許跟今早和他在一起的 Ray 不太一樣，但這副面容、這雙映有他身影的眼眸，以及那曾被他親密觸碰，此

時正緊繃著的雙唇——

他的 Ray 就在他眼前！

另一邊，四十五歲的 Ray Maclas 凝視著出聲叫喚他的少年，對方眼中流淌的滿是對他的牽掛、思慕，以及求索。

為了這個奇蹟，他整整二十年都在祈禱，向上帝和世上所有神明發願，請祂們將 Francis 送回他身邊。他找遍了所有地方，都無法尋獲 Francis 的蹤跡，打從對方那天消失以後，他就再也沒見過這個拗脾氣的孩子。對方唯一留下的，只有令他備感折磨的回憶。

這二十年，他都在苦苦地等待。

這二十年，他都想見到這孩子。

整整二十年，他沒有一天不想念。

這二十年的等待，終於結束了。

「你好慢，我等你等了二十年。」

他抬起依舊俊逸的面龐，向對方投以柔情的笑容，那低沉的嗓音，早上還在心痛地懇求他不要離開，此時洋溢著滿滿的愛意，而 Franics 唯一能做的便是⋯⋯

嬌小的身軀撲上前，緊緊擁抱住對方，緊接而來的是勢不可遏的淚水潰堤，他的雙手不斷在對方身上抓攀著，像是要藉此證明對方是真切地在這裡，而不是他擅自空想出來的夢境。

「Ray……嗚……對不起……我來了……我來了……對不起，我來晚了……對不起……嗚……對不起……讓你等了……這麼久……原諒……我……原諒我啦……」

Francis 抽噎地說著，一邊將臉埋在對方寬闊的胸前，沉浸在足以證明他們存在於同一個時空的體溫，一顆心被歉疚深深填滿。

他回到現在，不過是今天早上的事，已經整天都提心吊膽著，深怕再也無法見到這個男人，並且傷心得只想用盡各種方式返回過去。那 Ray 呢？等待著他的二十年，該是多麼地痛苦又煎熬？

對方一邊聽著，一邊將他緊緊摟向自己，深邃的臉龐埋進那絕無僅有的甜美髮叢，嗅著對方身上的香氣，雙手感受著對方的肌膚，細細品味他二十年前來不及留下的柔軟。

Francis 在他懷裡了，僅此足矣。

「你也知道我從不生你的氣，從來就沒有過氣你的念頭，哪怕是一點點也好。」Ray 的話音同樣顫抖著，但他是真心這麼想。

「對不起……對不起……嗚……」此時的 Francis 已經說不出其他話語，只能繼續聽對方傾吐他的感受。

「我沒有生氣，只要你回到我的懷抱就夠了……這整整二十年間，我都在找尋你。我不知道你姓什麼，不

知道你父母是誰,也不知道你的親人在哪裡,一點能找到你的線索都沒有,我就只知道 Francis 的名字⋯⋯我的 Francis,但不論我怎麼找,都是虛無的空白⋯⋯」

少年越聽越是心如刀割,在他快快樂樂過活的二十年間,這個男人始終都在尋找著他。

「我才該道歉,是我從沒在乎過你究竟是誰⋯⋯是我錯了,總是認為你的真實身分一點都不重要,覺得你只要是 Francis 就好。」

嬌小的少年依然靠在對方胸前啜泣不止。

他終於和自己的心之所屬重逢了。

「Ray⋯⋯我愛你⋯⋯我愛你。」

「就算我已經是個四十五歲的大叔了? Francis ?」

Francis 一聽便立刻抬起頭,雙眼噙著淚說:

「不管你幾歲,你都是我的 Ray,是將我的心永遠奪走的 Ray。」天藍色的雙眼信誓旦旦,彷彿要證實自己內心的情感有多堅決。

歷經二十年等待的男人伸手替他拭淚,絲毫不顧自己同時泛著淚的眼眶,接著,男人彎下身來,將臉湊近他。

「這二十年來我都愛著你,也會永遠愛下去。」

Francis 緩緩閉上眼瞼,欣然接受即將迎來的觸碰,然而⋯⋯

「唉唷!天啊!」走進店內查看的老闆撞見眼前的景

象,震驚地搗住胸口,驚呼出聲,但 Ray 哪肯鬆開對懷裡人的擁抱呢?他將 Francis 摟得死緊,完全不管對方會怎麼說,另一方面,Francis 也不覺得待在這男人的懷裡有什麼好丟臉的。

「Ray 先生,這位就是你說的……」身形圓潤的婦人不敢相信自己的眼睛,光是得知兩個常客彼此認識,就已經夠讓她訝異了,結果一進來還看見兩人在擁吻,更是讓她大驚失色。

這位 Ray 先生總是說他在等待某個人,只衷情於那個對象,所以沒有哪個女人能將他追到手。但這樣癡情的男人,居然會跟感覺是初次見面的年輕小夥子緊摟在一起,讓她忍不住認為那個人……應該就是這孩子。

就連她都不知其真面目的,傳說中的客人。

那個 Ray 說會帶來給她認識的客人,那個從她買下這棟樓,就一直引頸期盼著她開店的客人,甚至讓這間書店從此以他為名。

「Francis……這位就是 Francis 嗎?」

Ray 沒有開口回話,只是微笑以對,對方瞪大了雙眼,走上前握住常客的手。

「Ray 先生常常說起的人就是你?孩子,你就是我的第一個客人,也是這間店店名的由來,對嗎?」

那天的景象,她仍記憶猶新,在這間店都還沒蓋好那

時，有名高大的男子走進店裡，對她說：

「有個人在等妳開店，我會帶他來當妳的第一位客人的。」

即便心裡覺得奇怪，她仍是歡迎之至，正好她當時有個尚未解決的問題，便接著開口問：

「他叫什麼名字呢？」

「Francis，他叫 Francis。」

那於是成了這間書店的名字。

「妳的第一位客人來了，別忘了他的禮物啊。」

「啊！對！禮物！那件禮物！」

眼前這位少年的年紀，看上去一點都不像是在她開店前就開始等的人，但即便有些半信半疑，她還是不知怎地相信了這件事，回頭去找之前收著的東西。

「什麼禮物啊，Ray？」

Ray 只是揚著嘴角笑而不語，沉默地摟住對方的肩膀，直到老闆再度現身，帶來一本精裝書。書本的封面看似陳舊，卻保養得非常好，甚至看不到一點灰塵。

「這是什麼？」

Francis 低頭一看便有了印象，這是本小說，講述的是兩位主角因奇蹟而相遇，當時是他先看了這本書，Ray 才接著看的。這本書怎麼會出現在這裡呢？

「這是本店第二位客人要給第一位客人的禮物。」

Francis回頭看看身旁朝自己微笑的人，伸手接過那本書。

「翻開看看。」即便不明白對方為何要他翻開，Francis還是乖乖翻開了第一頁……

怦怦。

此時，店主人已經默默退場，髮色甜美的少年盯著寫在書本內頁的文字，眼神又驚又喜，捧著書的雙手微微顫抖，接著回頭望向Ray。

「Francis，怎麼樣？」

聽了對方的提問，少年再度低下頭，細看那在二十年前寫下的工整字跡。

……你曾問過我，相不相信奇蹟。
我現在敢毫不心虛地說，我相信。
那份奇蹟，讓某人出現在我的車子前。
那份奇蹟，讓他豐富了我的生命。
那份奇蹟，讓時光都無法將我們分離。
那份奇蹟，讓我的心宣告……
我找到自己的另一半了。
我們結婚吧。

早在二十年前，Ray就想向對方傾吐的話語，終於傳達給Francis。Francis揚起燦爛的笑容，顯得萬分迷人。他

轉頭直視對方的雙眼,開口給出二十年前就該給的答覆。

「Ray,你知道嗎⋯⋯不論是二十年前的我,還是現在的我,會給的答案都只有一個⋯⋯我願意。」

得到對方肯定的回答,男子激動得將比自己小二十五歲的戀人摟進胸懷,獻上真實且甜蜜的吻為獎勵。

⌛

「二十年耶,你怎麼能熬得過來啊?」

此時兩人已經離開了書店,Francis 將那本小說抱在胸前,待之如無價之寶,另一隻手則是讓對方牽著,在汲汲營營趕路的紛擾人群之中,只有他們沿著街道踏著悠閒的步伐。聽見他的提問,Ray 只是眉頭一抬,視線依舊直視著前方。

「我也不知道我是怎麼熬過來的。剛開始差點就要發瘋了,簡直比失去家人那時還痛苦,因為我知道你還活著,卻不知道你在哪裡,這樣的離別是最折磨人的。你活生生在我面前消失的景象,始終在我腦海中揮之不去,我不知道該依靠誰才好,幸虧我還有兩個好朋友、好員工。」

「Yuji 和 Jool ?」Francis 輕聲接話。

「是啊,他們就像我失去雙親時那樣照看著我。其實

他們算是我爸爸的員工才對……我跟他們說你已經回到了未來,奇怪的是,他們居然相信……」

「這不對吧?超怪的!尤其是Jool,明明我每次說自己來自未來,都會被他說是腦子有洞。」Francis不悅地低聲埋怨。為什麼同樣的話從Ray口中說出來,那兩人便乖乖相信了,但他來說就沒人信呢?

Ray聞言便笑了開來,打趣地說:「他們也沒笨到什麼都沒發現,只是選擇不說罷了。」

是啊,那兩人又不笨,都相處了三個月,應該早就心裡有數,知道Francis真的不是那個時代的人了。

「那他們現在好嗎?」

「很好啊,而且他們也很想見你。Yuji要我帶你去找他們,準備好好罵罵某個不告而別,還一去就消失二十年的壞孩子呢。」

「欸?」Francis抬起頭,這麼聽來,那兩人已經知道Ray見到他了?看見他眼裡的困惑,Ray再度揚起笑容,伸手摸摸對方圓滾滾的頭頂,對他說起先前發生的事。

「你有去我公司找我吧?」

Francis連連點頭。

「你們公司的保全還把我趕走呢,樓下那個女生也趕我走,說我不是Francis,不管我再怎麼哭鬧,他們都不理我,還指著我說總裁的戀人才不會這麼幼稚。但你的

Francis，頭髮一定要是這個顏色吧！」

　　Ray 百般憐愛地看著對方微笑，即便已經二十年沒有見到 Francis，但對方皺起臉的模樣，氣得像要噴火的眼神，激動地向他告狀的聲音，還有發脾氣時的哇哇亂吼，都始終停留在他的記憶裡。因此，面對急於向自己打小報告的對方，他一點都不感到意外。

　　「他們又不知情。但 Yuji 知道這件事喔。」

　　「嘿！可別說那個死眼鏡仔知道我在那邊大吵大鬧，卻都不來幫我啊！」Francis 再度激動地提高嗓門，男人搖搖頭，再度摸了摸他的頭。

　　「你說的死眼鏡仔，現在算是你的長輩喔⋯⋯而且他也不是不幫你，Yuji 說他下樓時，你已經走了，他追出去也沒看到你，只能打電話通知我。」

　　「所以你也知道我在找你⋯⋯為什麼都不說呢？你已經知道會在店裡跟你搭話的人，一定是我了吧？」

　　聽了他的提問，Ray 只是靜靜注視著他，向他點點頭，而他則是激動得滿臉通紅。

　　怎麼好像只有自己一個人在窮緊張？

　　「其實我天天都會去那間店，因為那是唯一牽起過去和現在的線索。我知道那是你最喜歡的書店，但我一次都沒見過你，今天大概就是奇蹟了吧。Yuji 打電話給我的時候，我已經在店裡了，雖然想過要離開書店去找你，但我

相信，你一定會來我們約定好，卻沒能一起來的地方找我的……」

此時兩人已來到市內的公園，Francis 率先牽起對方的手，湛藍的雙眼顯得困惑不已，對於對方所說的，他有好多話想問；而過去的這二十年，Ray 所經歷的一切也多得無法向對方一一說明，於是他掏出了自己的錢包。

「你問我是怎麼熬到現在的，是因為這個。」Ray 拿出一張陳舊泛黃，幾乎要脆裂的紙條。

看著紙張的狀態，一眼就能明白它被多寶貝地珍藏著。他將紙條放到 Francis 的手上，對方不禁蹙起眉頭。

「這是你跟我借衣服和書的時候，寫給我的紙條。」

Francis 露出不可置信的神情，原本白色的紙張已經泛黃斑駁，連上頭的字跡都已經淡化得難以辨識了。此時，Ray 又掏出手機，遞到他面前。

「還有這支影片。」對方一按下播放鍵，螢幕上就開始播映他努力對著 Jool 撒嬌賣萌的影片。同時，Ray 以認真且堅定的語氣對他說：

「如果沒有這些東西，我大概會欺騙自己，說你不曾存在過，但因為有這些做為你曾待在我身邊的證明，我才能熬過每一天。Francis，你知道嗎？我們一起住過的房間也還在。」

「那邊不是已經變成購物中心了嗎？」他今天親眼看

見了呀。

「沒錯，那個地方已經變成購物中心了，但我把那個房間搬到了購物中心樓上的辦公大樓，裡面還保留得跟你離開前一模一樣。」

綿綿不絕的深情話語讓 Francis 深切感受到了對方從未忘記過他，這世上有誰會用保存無價珍寶一般的方式，留著一張紙條？還留著他自己都想刪掉的影片，甚至把關於他的所有回憶都保留如初，只為了漫漫無期地等待一個人。

「Ray，你知道嗎？你這種人就叫作瘋子。」

「呵呵，那搭你這種怪小鬼，不是挺配的？」他反擊，但平時總會極力反駁的怪小鬼，這回倒是沒有多說什麼，只是聳聳肩，將頭靠到對方肩上，望著即將沒入地平線的夕陽。

「該帶你去見見我的親人，你就會知道更怪的人是什麼樣子。」

面對這般威嚇，Ray 絲毫不退縮，這怎麼難得倒他呢？

「那我們現在就去見他們吧，我想知道有關你的一切，保證這次讓你想逃都逃不掉。」男子憨笑著說，讓對方聽了也跟著笑出聲，但少年依舊不願起身，只是默默看著夕陽隱沒於天際，才開口說出存在心裡許久的疑問。

「如果能重新回到那時，你還會幫我嗎？」

「哪怕再重來十次，要我再等上幾個二十年，我都會幫你，也都會再愛上你。」Ray 萬般堅定地回覆。

他並不是發了瘋才這麼想的，而是他在擁有 Francis 的那段時光所獲得的快樂，遠遠勝過了沒有 Francis 在身邊時的痛楚。

「是啊，要我再回去被你罵個幾次，我也都願意。」

「你也只是挨罵而已，受苦的是我。」

「噢噢……現在是要爭輸贏嗎？」Francis 瞪了他一眼，還是忍不住笑出聲。他湊上前，往對方迷人的唇瓣送上一吻，雙手勾住對方的脖子，開朗爛漫地說：

「但在這件事情上，我甘願認輸，我的人也好，心也好，都可以輸給你。」

那真誠無邪的嗓音和笑容，讓過去的這段漫長時間都顯得不再真實。Ray 伸手環住對方的腰，將嘴唇按上那對漂亮的唇瓣，接著把放在心底許久的話語傾吐而出。

「感謝時光讓我們相遇，即便這段時間我過得無比煎熬，那也是我深深愛你最好的證明。」

「我也是，感謝讓我遇見你的一切。」

在這一天最後的暮光閃現之際，兩道身影交疊在一起，彷彿在張揚地宣告，不論再歷經幾番日換星移，他們都不會再與彼此分離。

終章

「Francis，你確定嗎？」

「阿伯，我不能更確定了。」

這天，兩位大科學家一如既往地忙得不可開交，而且看似是比平時要更手忙腳亂了。家裡的客廳來了位客人，David 和 Brian 先是面面相覷，才再度回頭打量那名感覺家世不凡，甚至偶爾會在報章雜誌上露臉的男人。兩人忍不住抓住姪子，將他拉到地下室。

「你是不是撞到頭啊？突然哭個沒完，消失一整天，然後就跑來說要跟 Ray 結婚？Maclas 家可是超級大富豪耶！」

伯父幾近崩潰地喊話，Francis 只是眉頭一挑，然後對他擺擺手。

「我都說了，我回到了過去，當時他只是個有錢人，還沒到超級大富豪的程度。」

「Brian，你看看你姪子怎麼頂嘴的，你確定他不是失

心瘋後跑到大街上,隨便碰到個人就墜入愛河了?」

「我再瘋也不會有你想像的瘋啦。」Francis 忍不住齜牙咧嘴地反駁。怎麼把他說得這麼隨便呢?阿伯都不知道,就連 Ray 想把他拐騙上床,也是經過他的一番矜持造作才好不容易得手的呢。

聽了他的回話,相對冷靜的叔叔才深沉地說:

「好,就算他真的是你在二十年前遇到的男人好了,結婚的事還是該再想想吧?你還沒畢業呢。」

其實 Francis 也在思考這個問題,但還是朝叔伯二人勾勾手指,三人圍成一圈悄聲討論。

「你們也知道,他都四十五歲了,要是等我畢業,他不是更衰老無力了嗎?到時候什麼也做不了,那我的幸福就⋯⋯」

「咳咳,我就知道某個個性超差的臭小子會偷講我老闆壞話。」

「Jool!」

樓上門口傳來的說話聲讓 Francis 猛地抬頭去看,只見一名身材高䠷、面目清秀的男子,頂著一雙綠色的眼眸,看上去⋯⋯

「你老了很多耶!」

Francis 毫不猶豫地指著對方的臉,故作吃驚的浮誇表現讓對方忍不住大翻白眼,但 Jool 還是打開雙臂,欣然迎

接撲向自己的 Francis。

「你還是一樣像小朋友啊。」

Jool 早就得知老闆已經找到了這個小屁孩，但還是貼心地留給他們一整天的獨處時間，直到現在才過來碰頭。他將撲了過來的嬌小身軀摟在懷裡，表現出既憐愛又受不了對方的態度。怎麼會有人像是預言一樣，拋下一句「我不在也別哭著吃飯」後就真的消失了？

他還真的連續好幾天，都是拿眼淚配飯吃。

「這又是哪位？」

「愛穿西裝的看護。」Francis 回過頭，臉上掛著大大的笑容回答伯父的問題。

看護本人尷尬地乾咳了幾聲，才彬彬有禮地說：

「我老闆讓我過來，是想帶點東西給你們。」

Jool 說完便請三位屋主離開地下室，回到一樓，但一來到客廳，就發現客廳裡除了那位面相嚴肅的男人，還多了個戴眼鏡的祕書，並在客廳的桌上擺了兩個行李箱，看得 Francis 不禁微微瞇起眼睛。

以後是不是不能讓 Ray 看家啊？他不過才離開了一下，家裡就多了兩個人。

「那兩箱是什麼？」David 有些戒備地問。

Ray 雙手一攤，相當鄭重地說：

「我想，直接開口說我想和 Francis 結婚，好像不太有

誠意,便想向兩位表示點心意。」

叔叔以冷淡的口吻回應:

「我們沒有想收聘金,只在乎是不是攸關姪子的幸福。」Francis 看向這位長輩,想到自己過去二十年間都被當成白老鼠,但叔叔還是愛自己的,內心不免有些感動,然而,這份感動還沒持續多久⋯⋯

喀啦。

Ray 動手打開一只行李箱,而 Yuji 也開了另一只,露出裡頭白花花的現金,以及滿滿的實驗器材。

我就知道。

只見叔伯兩人立刻衝向那些高科技器材,對另一箱現金完全不屑一顧,Francis 差點沒當場抬手掩面。

上門提親的男人掛起聖人般的笑容,對眼神閃閃發光的兩人說:

「從今以後,就由我來贊助兩位的實驗,也就是說,我會提供你們所需要的資金和器材,做為交換,兩位要讓我和 Francis 結婚⋯⋯如何?這個提議,兩位有興趣嗎?」

「吼,Ray,他們不會這樣就被收買的──」

「人你帶走吧!」

「啊?!」

Francis 聞言目瞪口呆,他還想叫叔伯兩人維持一下格調呢,結果那兩人完全不在乎,不但對他不理不睬,還一

副要把他整個人馬上打包送給 Ray 的樣子，方才還表現得超級寶貝他的叔叔，立刻就改變了立場。

「你想帶走 Francis 的話要盡快喔，時間寶貴，好好把握。」

「喂！你們是把我當吃的在賣喔？」

「好啦，Francis，為了科學的進步嘛。」

伯父顯得格外積極，一雙眼睛盯著行李箱裡的儀器看得發直。但緊接著，Ray 便闔上了行李箱，兩人差點來不及抬起視線。

「還有個條件……」

Ray 嚴肅地說：

「你們不准再做讓人回到過去，或是去到未來的實驗了，明白嗎？」

二十年的等待已經足夠漫長，他必須從根源斬斷這一切的可能，即便能在過去和 Francis 相遇，並且相愛至今，但要是他這不聽話的小男友，哪天又消失在某個時空之中，他絕對會親手屠殺開發時光機的人。所以，這兩個人手上任何有關穿越時空的實驗，都必須即刻停止。

兩人先是轉頭對望了一眼，沉默片刻，才不太情願地點頭答應。

「好吧。那你能給我們一間新的實驗室嗎？」

聽見自家長輩如此提問，Francis 只能重重嘆了口氣，

無力地走到 Ray 旁邊坐下。面對叔伯兩人見利眼開的模樣，忍不住擺起臭臉，這兩老把他當白老鼠不夠，還想把他雙手賣給別人，雖然他也心甘情願就是了。

「當然沒問題。」

Ray 輕笑，轉頭對 Francis 投以狡黠的笑容。Francis 原本覺得 Ray 和二十年前有點不同，現在看來⋯⋯也不只是「有點」而已了。

總覺得那視線像是要把他生吞活剝似的。

「⋯⋯至於剛剛說要把握時間的事，你就不用費心了，就算等到 Francis 八十歲、我破百歲了，也都會把這二十年連本帶利討回的。」

「Ray，我可不是商品啊。」

即便聽了不高興，Francis 也沒有大聲嚷嚷，只是垂下頭輕聲說：

「不過算了，就當我賣給你了。」

得到對方的回應，Ray 哈哈大笑，完全不顧眾人的目光，將嬌小的少年擁入懷中，往對方唇上按下濃情密意的一吻，深邃的雙眼中閃爍著幸福的光彩。Francis 也咯咯笑著，雙手緊緊圈住對方的腰，將臉埋進那溫暖的胸膛。

即便花了這麼長的時間，他們終究回到了彼此身邊。

相處三個月，分離二十年，但從今而後，他們會一直擁有對方，直到永遠。

你們知道嗎？愛情是不會被任何東西阻絕的，就算相隔半個地球、活在不同國家、不同城市，甚至是處在不同的時代都一樣。因為我們證明了，即便身在不同的時空，我們都能找到彼此，找到那個讓我深愛，同時也深愛著我的人。

　　這讓我相信奇蹟真的存在，也讓我們明白了時間⋯⋯是無法隔絕愛情的。

——Francis Forcel

（全書完）

國家圖書館出版品預行編目資料

時空情人 = Timeless/MAME作；烤鴨的鴨譯. -- 初版.
-- 臺北市：春光出版，城邦文化事業股份有限公司出版
：英屬蓋曼群島商家庭傳媒股份有限公司城邦分公司
發行, 2025.07
　　　面；　公分(南風系)
　譯自：รักนี้กาลเวลามิอาจกั้น Timeless

ISBN 978-626-7578-39-1 (平裝)

868.257　　　　　　　　　　　　　　114006664

南風系
時空情人

原 著 書 名 ／	รักนี้กาลเวลามิอาจกั้น Timeless
作　　　者 ／	MAME
譯　　　者 ／	烤鴨的鴨
企劃選書人 ／	王雪莉
責 任 編 輯 ／	王雪莉

版權行政暨數位業務專員　／陳玉鈴
資深版權專員　／許儀盈
行銷企劃主任　／陳姿億
業 務 協 理　／范光杰
總 編 輯　／王雪莉
發 行 人　／何飛鵬
法 律 顧 問　／元禾法律事務所　王子文律師
出　　　版　／奇幻基地出版
　　　　　　　城邦文化事業股份有限公司
　　　　　　　台北市115台北市南港區昆陽街16號4樓
　　　　　　　電話：（02）2500-7008　傳真：（02）2502-7676
　　　　　　　部落格：http://stareast.pixnet.net/blog　E-mail：stareast_service@cite.com.tw
發　　　行　／英屬蓋曼群島商家庭傳媒股份有限公司城邦分公司
　　　　　　　台北市115台北市南港區昆陽街 16 號 8 樓
　　　　　　　書虫客服服務專線：（02）2500-7718／（02）2500-7719
　　　　　　　24小時傳真服務：（02）2500-1990／（02）2500-1991
　　　　　　　服務時間：週一至週五上午9:30～12:00，下午13:30～17:00
　　　　　　　郵撥帳號：19863813　戶名：書虫股份有限公司
　　　　　　　讀者服務信箱E-mail：service@readingclub.com.tw
　　　　　　　歡迎光臨城邦讀書花園 網址：www.cite.com.tw
香港發行所　／城邦（香港）出版集團有限公司
　　　　　　　香港九龍九龍城土瓜灣道86號順聯工業大廈6樓A室
　　　　　　　電話：（852）2508-6231　傳真：（852）2578-9337
　　　　　　　E-mail：hkcite@biznetvigator.com
馬新發行所　／城邦（馬新）出版集團　Cite（M）Sdn. Bhd
　　　　　　　41, Jalan Radin Anum, Bandar Baru Sri Petaling,
　　　　　　　57000 Kuala Lumpur, Malaysia.
　　　　　　　Tel：（603）90578822　Fax：（603）90576622　E-mail:cite@cite.com.my

封 面 設 計 ／	蔡佩紋
內 頁 排 版 ／	芯澤有限公司
印　　　刷 ／	高典印刷有限公司

■ 2025年7月1日初版一刷　　　　　　　　　　　　　Printed in Taiwan

售價／399元

Published originally under the title of《รักนี้กาลเวลามิอาจกั้น Timeless》
Author©MAME
Traditional Chinese (Complex Chinese) Edition rights under license granted by Me Mind Y Co., Ltd.
Traditional Chinese (Complex Chinese) Edition copyright © 2025 Star East Press, a Division of Cité Publishing Ltd.
Arranged through JS Agency Co., Ltd, Taiwan
All rights reserved.

著作權所有・翻印必究
ISBN 978-626-7578-39-1

廣告回函
北區郵政管理登記證
臺北廣字第000791號
郵資已付，免貼郵票

台北市115台北市南港區昆陽街 16 號 8 樓
英屬蓋曼群島商家庭傳媒股份有限公司
城邦分公司

請沿虛線對折 謝謝！

愛情・生活・心靈
閱讀春光，生命從此神采飛揚
春光出版

| 書號：OW0021 | 書名：時空情人 |

讀者回函卡

謝謝您購買我們出版的書籍！請費心填寫此回函卡，我們將不定期寄上城邦集團最新的出版訊息。亦可掃描QR CODE，填寫電子版回函卡

姓名：_____

性別：□男　□女

生日：西元_____年_____月_____日

地址：_____

聯絡電話：_____　傳真：_____

E-mail：_____

職業：□1.學生　□2.軍公教　□3.服務　□4.金融　□5.製造　□6.資訊

　　　□7.傳播　□8.自由業　□9.農漁牧　□10.家管　□11.退休

　　　□12.其他 _____

您從何種方式得知本書消息？

　　　□1.書店　□2.網路　□3.報紙　□4.雜誌　□5.廣播　□6.電視

　　　□7.親友推薦　□8.其他 _____

您通常以何種方式購書？

　　　□1.書店　□2.網路　□3.傳真訂購　□4.郵局劃撥　□5.其他 _____

您喜歡閱讀哪些類別的書籍？

　　　□1.財經商業　□2.自然科學　□3.歷史　□4.法律　□5.文學

　　　□6.休閒旅遊　□7.小說　□8.人物傳記　□9.生活、勵志

　　　□10.其他 _____

情不知所起,一往而深。
尋著心之所向,乘著拂曉清風,
流往那剎那即永恆之境。

情不知所起，一往而深。
尋著心之所向，乘著拂曉清風，
流往那剎那即永恆之境。